詩人愛情社會學

情詩・情書

情詩・情書

莫渝　編

詩人愛情社會學

【前言】
戀人絮語的理性走馬燈

莫　渝

　　古希臘哲學家柏拉圖（西元前五世紀）把詩人趕出他的「理想國」，卻留下：「戀愛時，人人皆詩人。」（At the touch of love, everyone becomes a poet.）。

　　詩人，是旅人，更是戀人。戀愛他人，同時扮演被戀的戀人。

　　從來，感情之事不曾與理性攪和。戀愛，即目盲，心神恍惚，陶醉沉迷於朦朧雙人世界的甜言蜜語。

　　甜言蜜語，拆卸包裝，卻是誇飾謊言。戀人間的喃喃語言，從來就經不起理智的分析。

　　文論家羅蘭·巴特（Roland Barthes,1915～1980）認為戀人間的談吐語詞，既五花八門，卻支離破碎，像雪泥鴻爪，還似畫龍點睛。

　　畫龍點睛，點亮愛之花，詩之光。

　　詩人呢喃的戀人絮語，也會是理性走馬燈。

（2010.06.01）

初　戀

從霧裡浮上來
清純優雅的倩影
像一道電流點醒了昏睡的青春

日本少女獨特的矜持含羞
戰火催迫下的消瘦憂鬱與無助
更讓人有不忍的心痛

不經意的眼線接觸
暴跳的心臟幾乎衝出喉嚨
急升的血壓燒紅了臉

比蒙娜麗沙更淺的微笑
不到五度的點頭
就會甜在心頭好一陣子

想說又不敢說
慾望壓在心
日幻夜夢

頂多摘幾朵小花
隨溪漂流到她的地方
明知那是傳不到的心意

問問自己　是否在戀愛？
不！還不夠格稱為愛吧
只是一場沒有結局的單戀

（2010.10）

初戀的故事

　　二戰末期一篇題為〈失われた故鄉〉（失落的故鄉）小說稿內的一小節。

　　故事發生在二戰中一對母女逃避美機轟炸「疏開」到我們的村落來，與其說「疏開」不如說被邀請來村裡同住。

　　父親是水利組合（農田水利會）會長，在村裡廣闢水圳，暢通灌溉，看天田、旱、林、雜地都變成水稻良田，地方父老無不感恩敬為「土地公」。雖已半百，因有「在鄉軍人」陸軍伍長（下士）身份，還是被徵召到南洋戰地，戰況激烈，音訊全斷生死不明。

　　母親是小學教員兼「愛國婦人會」指導，在村裡教唱歌、插花、縫紉、料理等無不傾囊傳授，與人相處融洽，與村裡的婦女形同姐妹。

　　女兒高女二年（國二）的文學少女，獵讀不少作品，俳句短歌造詣亦深，言談的字裡行間詩文睿智橫溢，讓人忘情神醉。

　　戰後，在台日人必須強制遣回，母女均在台出生，日本反而是人地生疏，回去後不知要漂流何處，丈夫生死不明，兩母女提著簡單行李黯然離開。離別的最後一句話：「台灣才是我們真正的故鄉。」

（2010.10）

雨　針

吹襲強風的雨針
彷彿先去北國秋楓
懸置不少猶豫
再到今晚的
心葉間，落寞地刺了千遍

刺痛、刺痛的
不定點，移動，種下血語
以及雨情
血壓計，高跳者啜泣的顏色

田野未眠，那時散步風景
一點一滴的美麗消逝
集中於眼際，集中於子夜心痛
舉杯吶喊吧
提醒該分離的時刻快到了

店窗，依然掛著深沉夜色
雨針，依然歪斜刺進
原不該清醒的雙人

雨針的刺聲，不斷地
瀰漫旅愁之都
或許，離別之後
這首次邂逅的都市
是最初，也是最後的憶念

淚珠兒，從雨的針林中
滾落即將灰白的晨宇

雨的狂刺，繼續
咖啡換上紅酒，繼續
繼續對坐
兩顆心天，開始動盪
動盪離別後的軌跡
會殞落些什麼星宿

今夜，雨針如此刺進別情

　　那年，應是不小的年紀了，他與伊在上弦月之下，認識了。

　　伊的長髮吹著冬風，飄散去國的消息。哦，三千里外的行程，將隔著伊的容顏，竟日對著相思鏡，頌讀唐宋詩詞。

　　在伊啟程前夕，也就是今夜，兩人對坐，苦澀的咖啡，兩杯，痴情地對望，低首無語，但是別情一旦提起，話題終究是談不完的。

　　窗外，是什麼聲音傳來，一陣又一陣地痛，隨風刺進窗內？儘管話語仍持續進行下去，無暇追究是什麼聲音傳來，但是兩人的心裡，都明白是雨針，是雨針，在黑夜裡種植情種，再，再移植，再刺進窗內，「唱今夜的別情。

　　秒針快速地轉動，分針與時針交疊著十二，掛在牆上的灰鐘，是進入子夜時分了。他啜了一口；伊啜了一口，沉默來到中間。

　　雨針紛飛的速度，與秒針競馳今夜的時光，沒有什麼能阻擋，咖啡的味道不能；玫瑰的香氣也不能。短暫相聚的時光，總是要過去的。叫一瓶紅酒，斟上痴情在高腳杯中，滿滿地，把它飲盡，對唱「苦酒滿杯」與「心事誰人知」。

明日以後，雲程，被飛機行駛，機上的伊，兩行垂淚，無人安慰。醉酒醒了，伊在異國；他在國內，各在海之一方，天之一角。什麼都沒留在各自的行囊，只有那夜，雨針如此刺進別情，刺進傷重的行囊。

愛的空想

昨夜夢中出現的不是妳
因而我懷疑做夢的是我
雖然一樣動人
伊的眼珠子比妳的黑
卻少了妳特有的虹彩
她烏黑的秀髮不輸德布西的棕髮少女
我無法形容那些即興的波浪

我曾暗自感傷
以為此生不會有這種或那種的愛情了
是不是我不幸的愛情觀已然改變
否則怎會讓這全然陌生的女子
勾起我的愛意
或是為了合理化那不可能的愛
妳才變身成夢中的模樣

雖然好像重新燃起了生命的火焰
但我知道這模模糊糊的幸福感

只是愛的空想
在最真實的內在
隱藏了難言的悲哀

夏

　　夏日遠颺，已隨那最後一陣風雨遠颺，隨著女孩長長的馬尾輕盈甩動的背影，告別了一去不回的童貞那般，在蒼老而悔恨的眺望中遠颺。我心裡說，這該是最後的夏日裡最後的風雨了。因為，如果這是一個人的哭泣，這也該夠了；如果這是一個季節或故事的終結，這也就是了。在這風雨後的沉寂中，我的心聽到，周遭又響起了細碎的聲響。人們好像已再度收拾起破碎的心，要重新出發去面對他們的一日。這什麼都不能確定的國家，可悲而又充滿不確定夢想的一日。而他們是這樣過完一輩子的。

　　雖然雲層還是很厚很悶，但顯得焦躁不安的太陽不耐煩地從雲堆裡擠出它刀刃般的弧，像要割斷這一切糾纏。昨夜，它是在那泥濘般的雲堆裡輾轉難眠的吧？

　　但我沒有忘記，這眼前陰霾裡的一點光明，全都來自這個生病的太陽。啊！我曾經年輕狂野的心，並沒有忘記那長長的夏日在生命裡留下的烙印。夠了！這低氣壓死氣沉沉的夏日。真的夠了！我已厭倦這總是離別的季節，厭倦這總是漂流的島嶼，厭倦那總是要糾纏到深秋的病蟬。這個連季節也糾纏不清的故鄉啊！夠了！一切的夢想，一切的許諾。夠了！人們眼眸

中的空洞與徬徨。我翻開一本詩集,只看見一片失焦的空白,卻又無力闔起。我奮力搆到一瓶孤獨不宜的酒,旋開銹住的瓶蓋,一陣猶疑之後又旋緊了它。憎恨使我把它旋得更緊,心裡惡意地想著,下次得先想個清楚,更加絕決更加用力,才能開啟這騙人的東西。我想播放點什麼音樂,卻呼喚不出相應的樂曲。我憎恨我無能的才情。在這什麼都過熱的長長的夏日,顯得更加無能、更加冰冷的詩人。

走了,都走了,不留絲毫痕跡走了。這周遭彷彿又墮入了無情的沉寂和空洞。哼!該走的不會留下!這沉寂如此熟悉,好像是自己親密的分身,看著恍神的我,又那麼清醒地知道是看著自己。不!沉寂的是我。說不出的悲意、無力感的憤怒、無法付出的愛釀造了我的憎恨,在這長長的夏日裡發酵。這病態清醒著的是我,拼命掙扎著的也是我,為何我這樣憎恨著的,竟是我自己。

啊!夏日遠颺,從我冷冷的眼底遠颺,從我矛盾的不捨裡遠颺。儘管那夏日或會如不真切的記憶中那樣再度降臨,但我預感一切只會如幻夢一場。而我這可悲的旁觀者,儘管滿懷情愫,並無一曲相送。對於來者,也並無歡欣的期待。

望

我
立在風中
望你
望你
望成曠野中的
一株枯樹

想
你回轉過來的瞳中
我的影像
逐漸
逐漸
逐漸消瘦下去
成
地平線上的
一粒沙子

風中之情

　　記得寫這首詩的時候，我還未滿二十歲，然而少女情懷總是詩，生長在多風的梧棲海邊，除非在夏季，只要一過大肚山，沙鹿到梧棲的公路兩旁，總會聽到風呼呼地叫個不停，高大的木麻黃路樹，樹髮一勁地被大風甩來甩去，來訪的友人難免說一句：你們這兒每天都在「作風颱」嗎？

　　當梧棲還不叫做「台中港」的時候，我家門埕的紅磚牆外，隔著半圓形的大池塘，有一條石頭鋪成的「臨海路」現在已經拓寬成來回四線道，連接台中大大有名的台中港路了。後來，政府的十大建設之一把「梧棲」和「台中港」劃上等號以後，臨海大道之外，便逐步發展成面積可觀的海埔新生地，而小時候從家中廳堂的大窗子望之可見的海浪，也隨著海埔新生地的增生，越離越遠，終於完全看不見了。

　　台中港雖然腹地廣大，但是漂沙的問題卻始終很難徹底解決，廣大挖山填土造就的海埔新生地，每逢冬季來臨，其撲天蓋地的風沙景象，如今從中棲路上最高建築指標的童醫院頂樓景觀台上一眼望去最是清楚。那兒對我而言，就是一片曠野。到了晚上，人口稀少的小鎮，經常也傳來聲聲引人升起一股莫

名哀傷的汽笛聲，那是船要離岸啟航的聲響。如此背景，讓人感受到：離別，確實多麼令人感傷！

　　想起一對相戀的愛人，如果在一片空曠的風中道別離，勢必更是催人心肝的不捨，於是不知不覺寫下這，姑且稱之為「風中之情」的情詩了！

（2010.05.10）

星球大空

星球捲燃著粉紅色火焰

遙望清靜大空

宛轉的裂隙　釋放大能

追憶　億兆年前的熱情奔放

期盼　滑落長空之後

終極未來的

冷凝

現在僅是

無可言說的

孤絕

天地不過是一粒塵土

宇宙埋藏於一點深心

我們

仍屹立

於時間極速扭曲旋轉的平衡點

一直　朝望天

用塵土深心
向大空　訴說衷情

如何在愛情之中抉擇真實人生
——非此即彼？

　　在希臘以來的哲學傳統之中，愛情（Eros）是起源於缺乏的滿足，此中所謂的「缺乏的滿足」，一者是肉欲的，二者是靈性的。這也就是吳森所說的西方文化中的愛是「探究」和「好新」的成份居多，也就是建立在西方哲學和科學所強調的wonder的基礎之上。但是，「探究」和「好新」也不是侷限於兩性性愛與肉體慾望，而吳森〈情與中國文化〉的此處討論的脈絡不免侷限於此。又，西方的愛情觀除了希臘理性和近代科學（包含心理學）的傳統之外，也還有基督宗教所說的上帝對人的愛是Agape，此為吳森文章所忽略。Agape是一種上帝真善美之滿溢而出的餽贈，是一種由上而下的救贖，而不是Eros之為缺乏的滿足的由下而上的求索。

　　齊克果（Soren Kierkegaard）《非此即彼》（Entweder/Oder）說：「你們談論了很多有關性愛的擁抱，那麼，婚姻的擁抱算什麼呢？……在婚姻的『屬於我』的概念裡，婚姻的擁抱比性愛的擁抱更豐富……那動力並不只是來自模糊本能的興奮不安，因為婚姻有天國作為福證。婚姻的責任充塞著整個生命的

四肢百骸，並且永遠不讓任何阻礙干擾愛情。」──齊克果此話說的雖好，但可能是因為他對於婚姻的信心不夠，所以選擇逃離，未能選擇婚姻。婚姻的信心之來源該來自何處呢？就東亞的文化傳統而言，「夫婦」一倫為一切倫理之開端，在日常生活的中庸之道之中，體驗天道，《中庸》說：「君子之道，造端乎夫婦，及其至也，察乎天地」，這確實是「婚姻有天國作為福證」，深值吾人深思與勉行，「庸德之行，庸言之謹……君子胡不慥慥爾」。東亞文化的「愛」以「關心」或「顧念」（英文可用concern一辭表達）為主的，這呼應於當代德國哲學家海德格（M. Heidegger）的《存有與時間》所說的「掛念」、「關懷」（care, Sorge），「掛念」是人的此有的實存性之輻湊點，是三種時間性的統合，以此開顯存有的意義，從事真實人生的存在抉擇，重建本真的（authentic, eigentlich）生命存在。就此而言，理想的情人應該包含「情侶」、「伴侶」與「法侶」（「肉體與心理的情侶」、「心靈的伴侶」與「靈性修持的法侶」）三個層面，每一個人都應該在愛情關係之中，盡其一生的努力追求這三個層面在滿足。但是齊克果所說的「非此即彼」恐怕是多數人必須面對的人生實況，難以企求圓滿，所以多數人或是思出牆外，或是內心怨懟。多數人自認為一生只能追求「情侶」、「伴侶」與「法侶」的某一、二層面的滿足，然而倫理社會之道含弘光大，而事物的本成發生都是當下現成，可以說是本自清淨的，本自圓

滿的。在人生的每一個當下也可以超越非此即彼，在土泥的容顏之中，在倫常的社會日用之處，看到天國的幸福閃光。因此，我在詩中說：「天地不過是一粒塵土／宇宙埋藏於一點深心」，「於時間極速扭曲旋轉的平衡點／一直　朝望天／用塵土深心／向大空　訴說衷情」，僅以此與同道共勉。

（2010.05.14）

四　季

・春・

千真萬確
是初戀

我從未見過
這樣新鮮的
綠

・夏・

說你的微笑
點亮了整座花園
自然有點誇張

但我明明看到
一朵盛開的花

因你的走近
而燦爛輝煌

　·秋·

豐收的季節
沒有非結不可的
果

　·冬·

若非一夜大雪
愛冒險的腳
如何去踩去沒膝去驚呼去笑成一團

或者如何去
佇望茫茫

學鳥叫的人

　　從停車場到辦公大樓，他一路吹著口哨。輕快、流利，有如一隻飲足了露水的小鳥。我緊跟在他後面，靜靜地分享著他的愉悅，沒出聲同他打招呼。

　　這的確是個可愉悅的早晨。秋高氣爽，陽光亮麗，不遠的林子裡有此起彼落的鳥鳴。而我竟都渾然不覺，直到被他的口哨喚醒。

　　或許他夜裡有個笑出聲來的甜夢；或許早上他吃了一頓爽口的早餐；或許他在汽車收音機裡聽到了一個笑話，一段令人興奮的新聞，或一曲美妙的音樂；或許一陣清風吹過，某種氣息使他憶起了快樂的往事，或許空中一隻小鳥飛過，輕盈的翅膀撥動了他心中久置不用的一根弦；或許在等紅燈的路口，鄰車上飄送過來一個甜甜的微笑；或許快退休了的他真有一個羅曼蒂克的老妻……

　　　　臨出門的時候
　　　　尖著嘴的妻子
　　　　在他臉頰上
　　　　那麼輕輕地
　　　　啄了一下

竟使這個已不年輕的
年輕人
一路尖著嘴
學鳥叫
惹得許多早衰的
翅膀
撲撲欲振

　　那段時間，我正為妻的病奔忙，多少有點心力交瘁，各種小毛病也乘虛而入。雖然還沒到髮蒼蒼視茫茫的地步，卻真的有點齒搖搖了。是這聲口哨把我叫醒。是它告訴我，振作起來呀！秋天是忙碌的季節，飽滿多汁的果實，沒有空暇呼痛叫苦。一個禮拜後，我滿心感激地寫下了這首題為〈入秋以後〉的詩：

入秋以後
蟲咬鳥啄的
小小病害
在所難免
但他不可能呻吟
每個裂開的傷口
都頃刻間溢滿了
蜜汁

網　戀

守住小小方寸
方寸即乾坤
乾坤只你我
就等你來

呼喚你的名字
若你不來
再喚你的乳名

你遲遲不來
逐風
戲雨
織夢

如果風大
夢，跟著輕搖晃盪

雨啊
可別打亂我走過的腳跡

因為愛

　　不言不語？其實，我說了許多話，你沒注意聽。是沒聽到？沒聽進？還是我說的你沒聽懂？聽不到？裝著沒聽到？

　　不沉默，反倒閉鎖。我依然曉曉不止，呶呶不休。

　　即使你在，我依然說給自己，聽。你，有沒有聽，已不是重點。

　　這麼多年了，這麼多的話語，都在空氣中消音。不，沒有消逝，仍存在著，由好心的空氣珍藏著，等待哪一天，好讓善良的你親手掀開。

　　掀開之際，你會落淚嗎？

　　因為愛。

　　或者這麼多年了已經無愛，無憎。

傳　說

熱烈，堅決，迅速燃燒
妳是火
溫和，猶疑，慢吞吞流滲
我是水

我們彼此來自不同的土壤
卻被命運的風
吸進同一個岩穴
在無邊無際的黑暗中　開始
笨手笨腳的　碰觸　試探
嘗試擁抱　輕盈共舞

多少年後
妳仍是火
我仍是水
只是在那狹小的岩穴中
水和火產生了絕美的化學變化
火　溫和的燃燒
水　堅決的流滲

請你們相信
這就是我們今生緊緊擁抱的
水火同源的傳說

（2010.05.21）

水火同源

對很多人來說，愛情是美妙的因緣，婚姻則是人生的一場豪賭！

認識妻的時候，我四十一歲，妻三十六歲；兩個人都已過了適婚之年，也都已經在社會上打滾歷練多時。走過青春那一段煎熬的歲月，在婚姻路上尋尋盼盼，我心中早已對婚姻抱著可有可無的態度，妻似乎也一樣。二十八歲那年，我痛下決心，離開了童年時篤信的天主教，開始一步步緩慢地重建自己的人生信仰；妻卻已是虔誠的佛教徒，甚至考慮出家。兩個看來似乎不太想結婚，也不太可能結婚的人，經過一段時間交往，竟然決定攜手邁進婚姻的大門，在當時，的確出乎周遭很多人的意料！

妻是一個熱情開朗充滿活力的人，做事果決明快，有女強人的性格。但是遇到不如意時，發起脾氣來，劈靂啪啦，往往教人難以消受。而我個性溫和，遇事隱忍，瞻前顧後，說的好是深思熟慮，說的不好就是猶疑畏怯，而且做事慢條斯理，溫吞吞的，和妻果決明快，快刀斬亂麻的作風，雖不能說南轅北轍，卻真的是「差很大」！兩個個性截然不同的人，生活在同一個屋簷下，一個是火，一個是水，不發生摩擦衝突才怪！

而且妻生自一個貧窮的農村大家庭，從小看盡了三合院裡的悲哀、無奈和人情冷暖，對於婚姻裡兩個家族間複雜的人際關係充滿了疑慮和未知的恐懼；而我始終認為，這種存在於兩個家族間的差異，只要坦然面對，開誠佈公，溝通協調尋求共識即可。只是妻卻對我這種「大事化小小事化無」凡事淡然處之的態度不以為然，認為是逃避、視而不見、和稀泥！

於是，結婚初期，便成為我人生中最常吵架的日子！尤其令我恐怖的，是妻往往在大吵一架後離家出走，不知去向。我常常在下班後，回到家裡，卻不見妻的蹤影，一個人獨自吃完晚飯，開始拿起電話，東南西北，這家那家，到處詢問妻的去向，心情真是七上八下惶恐失措，坐立不安，茫茫然獨步斗室，直到聽見妻開門進門的腳步聲，才放下心中大石長噓一口大氣。這樣的情景在結婚初期一再上演，妻很沮喪，我又何嘗不是！也就是這樣的心情，使我在結婚週年夜裡，提筆寫下我婚姻生活的第一首詩，詩題是：「四十歲的老婆常常想離家出走」（此詩寫完置於抽屜中，未發表，如今原稿已逸失。）

渡過結婚初始的黑暗期，慢慢地，兩個人開始發展出一種解決衝突的模式「離開現場但不離開家」。並且不久之後，我買了房子，就在岳母樓下，有岳母當靠山（感謝岳母），從此妻開始變得隱忍而少發脾氣了。我們的婚姻也開始漸漸步入佳境，脫離苦澀，進入「雲開月明」的境界。

常聽人說，結婚是戀愛的墳墓。我常想，我和妻沒有「轟

轟烈烈」的戀愛，所以才能在結婚初期免於「結婚是戀愛的墳墓」的魔咒吧！其實，選擇結婚，就是選擇了人生中一個重要的承諾，是責任也是承擔，它不是一條坦途，有喜悅但是也有衝突的淚水！對結婚千萬不要抱有羅曼蒂克的幻想，才是從結婚中獲取幸福的不二法門。

　　近年來，台灣的出生率劇降，青年男女，選擇單身的不婚族日漸增加，社會學家不免憂心忡忡，長此以往，台灣的人口結構將嚴重失衡。台灣的青年男女們呀，在面對「結婚」這一個重大的人生問題時，你們究竟憂慮些什麼？害怕著什麼？不要怕，在深思熟慮後，手牽手，一起勇敢地跳入那「水火同源」的岩穴中，共同去尋找那「水中有火火中有水」輕盈共舞的境界！

（2010.05.22）

訣 別

起霧的樹林，凜風揚吹
妳的身影悄然別去
山坡路徑就此荒草掩沒
是夢境還是實景？
鳥不鳴叫，陽光不見亮麗
溪水不再淙淙，枯死
無結果的花朵

雪地不再溶化
冷透層層疊疊的水湄
妳的影子
冰凍在透心的鏡子裡，滑行千里
劃裂胸膛，大地
不再印映春回的風景

梅花盛開
只聽聞

香頌吹響遙遠的異國山丘
春風　秋雨　日日夜夜纏綿
夏日　冬雪　月月年年寂滅

失軌的歲月輪轉
孤寂　封閉了所有的感官
通往境外的徑道
不再山林
不再海天

（2010.02.07）

情是何物

　　「問世間，情是何物？直教生死相許」。這句話不知被多少為情所困的人所提問思索，而畢竟情之一字自古難解。尤其愛情，它不只是令人著迷，甚且瘋狂而至驚天動地，傾國傾城，要你的命！情是屬於感性的範疇，既是感性的就難分難解，甚至無解，可說是「剪不斷，理還亂」可不限定於「是離愁」。

　　情是何物，這個非具象可釐清之物，一般都專指男女的情愛關係。其實這句話的源由出處是從感受動物的生死而來的。

　　金元好問有一首極有名的調寄邁陂塘的雁丘詞序云：「大和五年乙丑歲，赴試并州，道逢捕雁者，云：『今日獲一雁，殺之矣。其脫網者，悲鳴不能去，竟自投於地而死。』予因買得之，葬之汾水之上；累石為識，號曰雁丘。」於是寫下三首詞，其中一首即是如下：

　　「問世間，情是何物？直教生死相許。天南地北雙飛客，老翅幾回寒暑？歡樂趣離別苦，就中更有癡兒女，君應有語，渺萬里層雲，千山暮雪，隻影向誰去？橫汾路，寂寞當年蕭鼓，荒煙依舊平楚。招魂楚些何嗟及？山鬼暗啼風雨。天也妒，未信與，鶯兒燕子俱黃土。千秋萬古，為留待騷人，狂歌

痛飲，來訪雁丘處」。按雁是秋南春北定期遷徙的候鳥，於秋
空萬里可常聽聞雁鳴嘹唳，由漠北帶來蕭颯景象，對於飄零羈
旅的人來說，更易感受興愁。雁的配偶習性與鴛鴦相同，一夫
一妻配對堅貞，所以失偶的孤雁，如孀婦寡女，淒涼哀怨。也
勾起多愁善感的詩人，無限的同情與聯想，而舒發於詩文移轉
了想像。實則「夫妻本是同林鳥，大難來時各自飛」多的是，
何況是其他動物，故雁之喪偶悲慟致死，感人深刻。但人之情
感常因真愛流露而呈現善美，自我超越完成人格的德性，當然
真情的表現歷程，卻往往帶有世俗規範的障礙，相對而起的是
哀怨、悲劇的收場也是無可避免的。

　　情是何物？往往是人本性激蕩的力量；它不是理智的繩索
所能綁住的。

　　「尾生與女子期於梁下，女子不來，水至不去，抱樑柱
而死」。這是莊子盜足石篇裡面一個小故事，莊子批評這些死
法「無異於磔犬流豕操瓢而乞者，皆離名輕死，不念本養壽命
者也」，意思是說輕生如犬豕，不值得。但從人的至情至性來
看，其對情愛的守信能發揮到情痴的極至，這是另一種情操。
說「情操」而不說「智操」，可見「情」中的傻勁，被帶有可
悲又可憐的敬重和無奈。因為情感是一種模糊恍惚的狀態，是
難以掌握的心中的一隻野鹿。也因為有如此率性的情字作祟，
才能激盪生命的火花，而流下不少驚天地，泣鬼神的愛情故事
和震古耀今的情史詩篇。

日本著名詩人三好達治有一首〈啄木鳥〉詩，寫在樹林中聽到啄木鳥的叫聲感受愛人的離去，那寂寞的身影，有著「生而為人／無盡的／悲嘆」，其中另一小段：

　　聽罷
　　風的聲響
　　鳥兒又在那兒叫了
　　……
　　這會兒正在
　　和妳分手的路上
　　樹凋萎在
　　四號的月上

　　因愛人的分手，看到的、聽到的，可謂萬物同悲，無非是完全受心裡悲情的影響。

　　其託物抒情與李商隱「五更疏欲斷，一樹碧無情」雖各有不同之情，其情以物寄，得物傳神之悲苦，可謂異曲同工之妙，其時萬物本然並不述情，何其苦之有？無情世界有情天，全在乎於得與失的心理作用吧！

　　雪萊有一首〈愛的哲學〉其中兩節：

　　由於神聖的定理
　　萬物一心邂逅交歡。

為甚麼我不與你？
看山峰親吻著高空，
後浪擁抱著前浪；

看陽光擁抱著大地
月明親吻著海波：
這些親熱有何意義，
要是你不肯吻我？

　　情愛有崇高的一面，也有自以為是的一面，箇中情節到底均非理性所能馴服的激素。果實墜地，砰然一聲，如情緣命定。所以才有李商隱「春蠶到死絲方盡，蠟炬成灰淚始乾」這樣的海枯石爛的矢志愛情詩句，撼動了千秋萬代的讀者。

　　黑格爾曾說：矛盾是一切事物用運動和發展的動力。沒有矛盾，就沒有世界。兩性之間的關係，也是一種纏綿悱惻糾纏不清的矛盾存在。易經所講的相剋而相生和老子道德經所云：「萬物負陰而抱陽，沖氣以為和」的思想對於天下一些怨女曠夫可能產生不了自我調適的作用，不然怎麼會有那麼多情殺的悲劇發生？

　　才情橫溢，獨步盛唐文壇的詩人王維，晚年的（偶然作）之三的詩句裡：「愛染日已薄，禪寂日已固」，其情生禪滅的感悟或許是一種掙脫吧！

（2010.05.24）

鴿　子

我的鴿子啊
深深望著我
卻飛進濃霧

遠處行道樹飄浮起來
妳躲在樹葉中？

人忽然出現忽然消失
這是什麼地方？
我急急追來
什麼也沒帶

羊蹄甲的花瓣緩緩落下
是妳為我摘取？

霧越來越濃掩蓋花樹道路
妳已飛出濃霧？
我迷失於霧中

所為何事

我是小孩的時候，所見的一切是美好、平靜地存在。以一天為周期，不變地循環。那時住在鄉下三合院，面對我爸爸種植的一片檳榔園。我只看過，蝴蝶在野草花中飛舞，從沒見過蝴蝶死亡、衰老或者破蛹。有人說人一生最快樂的是童年，我也曾懷念，那些捉迷藏、追蜻蜓蝴蝶，在田野裡尋寶，起窯煨甘藷，撈捕魚蝦等的日子。但，現在我以為童年的快樂，是那近乎不變的四周、容易得到的單純的快樂。

童年很快過去。我不確定什麼時候童年不再。可能是親人死亡，我接連幾天夢見死去的親人不斷叫喚，緊迫著我。可能我漸漸感覺自己在變化，明確的時間點是國中。我寧可相信後者，因為那有甜蜜的回憶。

國中某段時期，放學後，我和同學必須到校園某處打掃。一邊清掃落葉，我會一邊等待一女生經過。她出現，我才覺得當天可以結束。

與童年比較，我開始懂得期待未來。當她走過來，我聽到自己的心跳。想注視她，卻總不敢。屢次懊惱，目送她走遠。從她飄動的頭髮，偶而視線一剎接觸的烏亮眼睛，我感覺到有個美麗的世界正要展開。這種期待取代我童年平靜不變、只有

當下的世界，而且吸引我去追求。

　　此後，我的人生展開，但未必是美麗的世界。發現不美麗，總以為自己努力不夠，或自己不夠好，不配擁有。直到年歲增長，認為也許就像一朵花，含苞、盛開時美麗，但躲不了走向凋謝。凋謝就是死亡吧?!變化我的，如愛情、死亡等，都是我的本質。會引導我走向哪裡？我能做多少自我選擇？有多少是自由意志？或者，還有什麼本質我還沒發覺？本質的顯露常不請自來，過了知天命之年，如果還不見蹤影，是否意味漸漸凋謝的花朵，即使大聲叫喊也只能掉落？

還有一句話　沒講

幾十年了　就是喜歡和妳

天南地北有料無料
白天講到夜晚
晴天講到雨天
什麼都講　只是每次都覺得
還有一句話　沒講

有關風花雪月
有關油鹽柴米
星期一講到星期天
年頭講到年尾
什麼都講　只是每次都覺得
還有一句話　沒講

（似乎有什麼理由
似乎也沒有什麼理由）

幾十年了　就是喜歡和妳

……

什麼都講　只是每次都覺得
還有一句話　沒講

只要你喜歡的

　　夫妻結合可能是經人介紹促成，也可能是自己遇見而戀愛結合的。經人介紹可能是經友人或親人介紹。以前也常聽說經由父母安排的。以前，即使不是經由父母安排，也常聽說要經過「父母同意」這一關。

　　以前由於「父母不同意」而造成的波折或悲劇，時有所聞。

　　話說回來，經由父母安排或同意的婚姻，是不是一定好或不好，經由自己戀愛的婚姻，是不是好或不好，結果似乎也不太一定。

　　兩種際遇，也都聽說有失敗有成功的。

　　只是婚姻的成功或失敗，假如完全是經由自己選擇的，心理上似乎比較沒有怨言吧。

　　古時候有很多父母在這方面不太想得開，現在的父母好像較開明了。但做子女的有些還是會很在意父母的感覺。

　　有時候，會想起我們自己就是在古時候那種社會環境走過來的，想想：萬一那一天自己的兒子忽然帶著一個女孩子回來讓我們認識，然後會問我們的感覺，我們的看法。在兒子面前，我們忽然感受到我們不知不覺也走到了「古時候那個社會環境」的狀態。在當下，我們正在扮演的「父母」的這個角

色，是要如何反應較好呢？

最近剛好有一個機會，我跟兒子談到了這個議題，我告訴兒子，假如這一個狀況出現的話，不必管我們的看法，我說：「原則上我們會尊重你的判斷的。所以，只要你喜歡的，我們一定會喜歡，就這麼簡單。」

棚　子

我必須重新扶起
被挾恨嫉妒的風暴
吹倒的棚子

鍾愛的牧人
未來的新郎呦
你穿過暗夜黃沙
向咱們約定的草場奔來

我是你的新婦
如一束等候初吻的野薑花
白白的香氣微薰了新造的棚子

星星早早鋪好了祝福的眠床
祈盼傾倒在你憐惜的幔子裡
永遠與你同在

（2010.06.05）

剪角的信封

　　為了寫一首愛情詩，我躊躇良久，直到專輯截稿前才交出作品。確實在擬定題目及創作時，揉掉數張影印草稿。寫情詩，好像把我喚回初戀的時代，輕輕揉皺一張張寫不完美的信。

　　書寫愛情詩，期待靈光閃現一絲絲甜蜜的素材，抱著將舊情還原、遠景拉近的渴望；一旦握住了筆就要像抓住了心那樣興奮；幻想天地因我們共同勞力的目標而遼闊；筆可以寫出超越唇邊的語言，它應該不會害羞，能適時表達奇妙的境界。

　　結婚之後，愛有了距離，情的題材已經圍繞在我們夫妻的身上打轉，使保護色的筆略微懂得仰望天氣，時而猶豫、時而停頓、時而豪情，很合乎自然生存的法則。因為了解你在太陽下光著胳臂為家庭打拼的關係，做妻子的我見你流出的汗水也不敢說它鹹，現實生活的理想常顯出我內心的軟弱，好像我的目光迴避烈日一樣。

　　那麼幸福的感情就得倚靠晨曦的代禱、夕陽溫柔的祝福吧！星星、月亮升起的時刻，會潔淨我們的身體、梳理你我的髮；眠床會安慰你疲倦的肌膚、撫摸我失眠的眼睛。

　　若不是還有幾位文友想了解我們如何因筆友認識而結婚的議題，我們面對面生活著幾乎無奇妙的事好抒發，更甭想談及起初的浪漫了。

　　已往你為了追求效率，以限時專送寄信給我是正常的事，也許你不讓我把每日的盼望分一點點給郵差吧！我回給你的信則是貼上普通郵票，如此頂多讓你等個一兩天而已，我沒有把你的信封剪角，算是安慰的了。

　　寫作期間，我向報社副刊投稿，通常把稿件當作印刷品處理，習慣地會在信封的右上角剪個洞，覺得裡面沒有什麼可懷疑的內容，信裡頭也無夾帶物件，所以從父親那裡學到這套省錢的方法。

　　這小小的缺口，能讓郵務士檢視，表白信裡沒有隱祕的語言。

　　已露出白髮的你，若再寫一張信給我，一樣會寄來限時專送嗎？我相信你會的！不過，腦筋動得快的你，必也吱吱嗚嗚的說：「同款是紅色e筒仔，寄予妳e心，批免貼郵票，感情傳達緊擱有效。」請你原諒我無中生有，為了題材的需要性而連結了超越時空的想像力，在夏蟬激勵搓翅鳴響的野地，屋外茂盛的欖仁樹正在努力地長新芽，勤快地落葉。

（2010.06.08）

便利貼
——記結婚七週年

餐桌上，那一冊讓風
慢慢翻閱的彩色頁食譜
調味的指定曲
還拌著糖與蜜的音階

筆電的銀色面板
不見新細明體或標楷
只嵌了一張
輕盈娟秀的便利貼：

「愛，與歲月
　都可以用來驗證
　質量不滅……」

小夜燈下，那一碗
溫熱的湯麵與七週年烘培
成功的甜點，彷彿是在紀念
七年前，神聖的今天

感　恩

　　對於內人，我常常覺得感恩。感恩她婚前願意與一個個性矛盾且憤世嫉俗的浪子，愛情長跑⋯⋯感恩她在七年前願意踏上紅毯，走進我蒼涼多愁的生命。

　　我的情詩寫作成績單向來非常不及格；結婚七週年，謹以這首詩，獻給滿分的牽手。

北國之櫻

四月微寒春風中
輕點胭脂　盛裝
遙望情人走過的古道
傾聽淚珠的聲音
如雪　片片飄落

武士揮刀立誓　情堅如石
地藏為證　春日山為盟
頭斷血未流

奈良春風漸暖
單薄身軀　盛裝
揮刀斷髮
春雨如絲

日本櫻花與武士道

　　一九九九年四月我去日本研習森林生態系經營技術，參觀北海道、京都、奈良、吉野等地之林業。四月十三日抽空去參觀上野公園、東照宮。東照宮種了許多牡丹花，宮外大石刻著一首日本俳句，詩意為「富貴遠去，年年見牡丹」。牡丹的美麗，代表富貴、榮華，牡丹的悲哀，在於花期短暫、轉眼凋謝。就如豪門巨室，一時繁華風光，轉眼中衰敗亡。牡丹和豪門之現象，都是在表現人生無常，富貴一去不回，但是牡丹特殊之處在於其忠實不變，如東照宮外之石刻俳句所云年年可見。

　　四月十九日順道去八王子市拜訪森林總合研究所多摩森林科學園，參觀其園內「櫻花保存林」。雖然當天陰雨，並非賞花良好時機，但是雨中賞櫻多了朦朧美，園內各種櫻花爭奇鬥艷，留下深刻的印象。該園區面積八公頃，自一九九六年以來蒐集全世界各種櫻花品種兩百五十種，共兩千株，花型有大有小，有單瓣、重瓣，花色有白色、黃色、粉紅色、紅色、綠色，花朵有上揚、下垂，風采萬千。該園賞櫻季節從二月下旬到五月上旬。

　　櫻花是屬於薔薇科（Rosaceae）櫻桃屬（Prunus）櫻桃亞屬，其下有十一種櫻花，由其組合可以產生各種不同雜種，進

而從中產生新的櫻花品種，品種數目可能達四百種以上。原產地在大陸華南、台灣、日本、琉球。櫻花可分為單瓣和複瓣兩類，單瓣類能開花結果，複瓣類多半不結果。日本根據花形的變異，花瓣五片為「一重」，花瓣七至十片為「半八重」，花瓣十一至六十片為「八重」，花瓣六十片以上為「菊咲」。依照花的直徑可區分為「小輪」直徑未滿二點五公分，「中輪」直徑二點五至三點五公分，「大輪」直徑三點五至六公分，「超大輪」直徑六公分以上。櫻花的基本形態，花瓣有五片、雌蕊一個、雄蕊有三十至四十個者稱為一重花。由於不明原因，雄蕊會變成花瓣，有許多品種會形成三百片以上的花瓣。再者，不完全的花瓣化會形成像旗狀的旗瓣，在花瓣多的品種中可常見到。一般言之，八重之櫻花比一重之櫻花開始開花較遲，而開花期間較長。

日本櫻花著名的品種有寒櫻、河津櫻、雨情枝垂櫻、染井吉野櫻、大島櫻、寒緋櫻、雛菊櫻，以及系列的八重櫻（如八重紅彼岸、奈良八重櫻、八重之霞櫻、茜八重、八重紫櫻等）。其中最常見的染井吉野櫻約占日本櫻花數量之八成，粉紅色花瓣五片。枝垂櫻又稱瀑布櫻花，花朵懸掛如瀑布。

台灣的山櫻（Prunus campanulata）因花色緋紅，又於寒冷之時開花，故名緋寒櫻，又稱山櫻桃。花三至五朵叢生，下垂性。十二月下旬花蕾陸續出現，花期由十二月至翌年三、四月，隨地區及海拔高而有差異。台灣海拔三百至兩千公尺的山

上，有分布野生的山櫻，現已被廣泛栽植為庭園樹。

櫻花是日本的國花，櫻花和日本武士道有密切的關係。櫻花總是在最美麗燦爛的時候凋謝，有淒涼悲壯的形象。而武士道精神的誓死如歸，選在最巔峰時成仁取義，正是櫻花的象徵。武士道之重要理論基礎，是由山本常朝口述（1659-1710年）、田代陣基記述整理於一七一六年成書的《葉隱聞書》，要武士以隱於樹葉之後的精神來犧牲自我，默默奉獻自己的生命而不求回報。該書標榜「武士道者，死之謂也」、「武士道即為知死之道」，其表現的精神就是果斷地死、毫不留戀地死、毫不猶豫地死。可以說武士道精神就是不怕死、負責任。武士道原為日本武士階層的道德行為準則：勇武為本、忠誠至上、重名輕死、剛烈隱忍。武士道融合日本神道教崇拜天皇、佛教隱忍與命運意識、及儒家道德信條，而成為一套傳統倫理道德體系，是日本民族精神的主體。武士道的結局自古不是戰死沙場，就是切腹自殺。近代最震撼的武士道事件應屬一九七〇年日本名作家三島由紀夫當其事業正如日中天時，戲劇性切腹自殺，留給讀者許多迷惑與遺憾。我高中時代年少輕狂，曾是三島由紀夫的忠實讀者，讀了其許多作品如金閣寺、假面的告白、天人五衰等，也非常羨慕其健美的體魄。我喜歡武士道精神，但是不喜歡武士切腹自殺的血腥。

其實仔細觀察，我們娑婆世界的櫻花不是在說法嗎，櫻花在最美麗的時候凋謝，離枝離葉，不就是宣說人生苦空無常之

法？不是在表演人生八苦之一「愛別離」？人世有許多無奈，和心愛的人生離死別是很痛苦的事，如同「怨憎會」之苦一樣，討厭與痛恨的人卻常常要碰面，也是很痛苦的事。偈云：「是日已過，命亦隨減，如少水魚，斯有何樂」，正是提醒我們人生苦短，不可沉迷於物慾，要時刻精進澈悟。

佛法講人生無常，無常就是一種動態變化、不確定性，不論細胞、個體、生態系、星球、銀河系、宇宙，剎那都在變化。金剛經云：「一切有為法，如夢幻泡影，如露亦如電，應做如是觀」；又云：「凡所有相，皆是虛妄」。所謂相包括四相，即我相、人相、眾生相、壽者相。凡夫有執著，執著四相，由於執著，以致產生種種煩惱。不論財富、名位、兒女、愛情等都不應執著，因其都是緣生緣滅，都是無常、假相、變化的。財富不是自己的，而是五家共有，即水災、火災、盜賊、官府、不肖子五家共有，龐大家產可能轉眼成空。兒女亦非自己的，兒女和自已的關係有四種，即報恩、報仇、討債、還債。

心經說的無明、無無明、無無明盡、老死、無老死、無老死盡，是一種從凡夫到聖人，再到菩薩的過程。無明、老死是凡夫；無無明、無老死是聖人；無無明盡、無老死盡是菩薩。修行就是要修清淨心，把妄想、分別、執著放下。執著四相，就是執著「有」，但是也不能執著「空」。所謂「法尚應捨，何況非法」，佛法都不能執著，更何況是非佛法之種種相。這是一種相上似有，而心上不執著，即有即空、非有非空，兩端

不執的境界。

　我認為三島由紀夫切腹自殺，是曲解了武士道精神與真諦，從佛法觀之，自殺也是一種「殺生」，造作嚴重的殺業，果報在三途（即三惡道），不值得效法。自殺是一種逃避責任的作法，人生酬業，應該勇敢面對，人身難得，應該善加珍惜。如果是為眾生慷慨就義，那才是真正的勇者，而自殺是一種弱者的行為。

　四月二十二日至奈良，奈良是日本第一古都。奈良原為平城京，自七一〇年開始變成日本之首都，成為政治、經濟、文化中心之繁榮城市，一直維持到七八四年。一九九八年，八處奈良時代之歷史記念處被登錄為「古都奈良之文化財」之世界遺產，即東大寺、興福寺、春日大社、春日山原始林、元興寺、藥師寺、唐招提寺、平城宮跡。春日山內有有一座「首切地藏」，地藏菩薩石像之頭被古代武士劍豪荒木又右衛門試刀時砍下，後來又被接上去，至今刀痕依稀可見。日本武士刀之銳利，由此可知，而奈良刀之精純及銳利更是名聞天下。我慕名而來，雖然沒有買武士刀，卻買了一把很貴的修枝剪，銳利無比，剪枝如泥，珍藏至今。

　日本櫻花迷人之處，在於其凋謝時花瓣片片飄落如細雪，而非如台灣山櫻花整朵掉落。在〈北國之櫻〉詩中是表現一種「愛別離」意象，櫻花化身為四月春風中盛裝的情人，淚如雪片輕輕飄落，情人揮刀斷髮，春雨如飄逸青絲如淚。

露 珠
——紀念結婚三十年

剛醒來的陽光
輕柔觸及昨夜
留在花瓣上的露珠

我專注尋找最美好的視角,要
妳成為我心中唯一
閃亮鑽石光芒的露珠

相遇生命中的紅粉知己
必有一段因緣,來自無明
當因緣俱足,才相識
多麼不容易啊

結婚三十年一晃而過
感知人生如此短暫
露珠啊!妳正驚慌
青春美麗即將消失

我用數位影像留住
妳的美麗光芒，在我心中
永不消失，永不消失

我同時將記憶儲存
在雲端，等待
老來相依相伴

擇吾所愛，愛吾所擇

如果愛情像童話小說，王子和公主從此過著幸福快樂的日子，當然是非常美滿。一九七〇年代大家都窮，窮怕了，許多人總希望藉婚嫁翻身，這種觀念到現在依舊存在，多少人期待有一天嫁入豪門麻雀變鳳凰。但是社會的現實，終究把美夢擊得支離破碎。當時同事有幸迎娶富家千金，大家對他羨慕與祝福，說他可以少奮鬥三十年，但他婚後生活過得鬱卒，畢竟，門不當戶不對，兩人成長背景差異太大，婚後都想改變對方，最後以離婚收場。

年輕的時候談過幾次戀愛，每一次都有一幅憧憬畫面，挽著美麗的新娘步入結婚禮堂，在眾多親友的祝福聲中，完成人生大事。出生農村的我，窮小子隻身來到高雄市，無房子無車子，「擇吾所愛，愛吾所擇」，終究敵不過對方基於物質的經濟的考量，所以論及婚嫁總是告吹。

直到一九七七年有一天，我遇上自認自己不美麗，只希望過自由而簡單生活的妻子，兩年後我們共同體認，結婚是兩個人建立家庭的開始，不是戀愛的結束，而是戀愛的延長賽，家庭幸福要兩個人共同營造。

三十年前沒電話，戀愛以寫情書為主，我會在信紙中再夾

親筆畫的小卡片；三十年後重新翻閱這些保留的泛黃斑的情書畫卡，其中有一張畫一支蠟燭照亮一本翻開的書，右頁寫「擇吾所愛」，左頁寫「愛吾所擇」，這本書短短八個字，是我不變的愛情觀。我認真讀了三十年，同時認真經營了三十年，未來還要繼續經營；我們的小家庭，知足常樂，老來相依相伴，過著簡單的生活。

愛情記事

有鳥枝頭跳躍
有學童騎單車
有鑰匙親吻門把
有水管呼嚕呼嚕
有小朋友在哭

巧遇搬家小藍
巧遇四樓陽台曬衣人
巧遇十樓棉被飛舞
巧遇轟隆隆的雲朵正飄過
巧遇閱覽室正在翻書

狗兩隻，狗伴牽之
老婆婆六，外籍看護輪椅之
老先生一，外省腔蝴蝶飛舞之
溜冰鞋，及三輪車
像泥鰍，逍遙

十幾棟大樓如提拉米蘇
餡兒五顏六色如雨
在這套有最棒的台式下午茶
陽光與風，遊來遊去
說，我愛妳

新店大鵬華城

　　大鵬華城在新店，我曾去過一次，去到那裡才發現，周遭都是高架道路，以及非常繁忙的車流，很吵，並不是一個我會喜歡前往的地方。然而，奇妙的是，那是一處集合國宅，所以當許多棟大樓面對面圍結在一起，國宅內的廣場上，卻是一片安靜，人們互動，坐在裡面，蠻舒服的！

　　而那已是好幾年前的事，因為學術研討會我認識一位學妹，喜歡她的開朗，因此特地前往她家，想給她一個驚喜。因為喜歡，所以對那裡的一切，觀察得特別仔細，感受極細膩，任何細節，彷彿都正面向我展開笑靨似的。

　　只是我忘了先確認她是否在家──果然，她並沒有回家，人還在中南部的研究所裡寫論文……而錯過這次，後來竟也就和她無緣了。聽說，她去了法國，聽說，她沒有畢業，聽說，她又回台灣了，聽說……她電話換了，此外，我其實並不知道她家的確切地址……

　　不過我卻因此寫出這首詩。

　　單戀，總會留下痕跡。並且在許多年過去後，回想時，將會發現，也許，竟然再沒有一個地方會讓自己這麼細膩去感受、去聽、去看所有細節，只為了把握那地方最美的一刻，超越攝影，超越錄影，超現實，純粹心靈層次的美！

　　是的，愛情有時也如一陣風，在炎熱的季節讓自己開心一下，但也就那麼一下，它便離開了。而有時它會留下一些氣味，芳香怡人，如我們所謂的「詩」。

愛情以外
──陳樹菊的愛情觀想像

（之一）

她緊蹙眉頭
樹叢後偷窺的男子
來不及驚叫
倒臥血泊中──
心臟上插著
她兩眼射出的銀箭

（之二）

知道嗎？
賦予人子血肉
乃為了
救贖他的靈魂

（之三）

太慢了
愛情的腳步——
老跟不上她
賣菜捐款的速度

（之四）

觀音的眼淚滴落
結晶成綠度母
光潔鮮綠的玉身……
她永恆愛情的顏色

給一個陌生又熟識的人

其實，又有誰會看一眼地面上這顆卑微的石頭？

雖然細細地看，其實它的紋路細緻，拋光後也許會呈現玫瑰般的粉嫩，甚至是深海的幽藍。但此時，它只是靜靜地躺在路邊，沒有登山客多看它一眼。他們的心臟因吃力的攀登、沉重地擂動著，腦袋也因為急促的呼吸而昏沉，任誰也無力眷顧這顆腳邊的小小石頭──儘管那是在地心煎熬數百萬年噴發出來、再經歷幾萬年的風雨後，才被磨打成今日這般圓潤的結晶。

WM，也許每顆心都是這樣的。幸運的，被欣喜的手撿拾起來，仔細地擦拭、磨光、呵氣，再細心地刻上幾個字，便有了主人。或者其實也不用刻字，只待溫潤的手指戀戀地廝磨著溫潤的石身，將它琢磨成環珮、繫在身上，它也有了主人。

從小石頭仰視的角度看過去，孤傲的老鷹正在峰頂的岩石上休憩。牠冷酷俯瞰的角度，與石頭仰望星空的視線，可曾有過交集？

　　小石頭說，從山谷往天空望去，星星何其遙遠啊！而當你站在峰頂的岩石上、讓滔滔的時空從身邊流過、幢幢的存在幻象在眼中生滅時，可曾有過任何一顆石頭抓住你冰冷銳利的目光？

　　WM，如果你聽過這顆小石頭回應星群孱弱的呼叫聲，也許會比任何人都明白，每粒塵埃和宇宙之間無庸置疑的親屬關係。也或者比任何人都知道，何以我苦苦地思念著你，卻真的可能無關乎你這個人。

　　塵埃、石頭、風、山谷、老鷹、星星，它們綿長地用著比愛情還令人難過的幽遠，秘密地維繫著我們。讓我在此時靜靜地仰視著天空，也清楚看到高貴地在暮色中孤立著的你。

（2010.05.10）

仿情詩一首

如果天空將永遠黑暗
只有我們彼此
經年的許諾
能帶來一線光亮
親愛的,請相信我

如果我戰死沙場
吐出最後一口氣時
妳的名字將撫慰
我死別的傷痛
親愛的,請別為我哭泣

讓我陣亡之處長一棵樹吧
在每一個可能的季節裡
茂盛著妳最愛的顏色的樹葉
在風中不斷回應妳的呼喚
親愛的,請等著我

讓我們還有重生的機會吧
在嶄新的宇宙裡尋找彼此的身影
重溫我們今生的愛
記住我們今日的誓言
親愛的，請為我們祈禱

情人，牽手

再也沒有什麼畫面比情人牽手的畫面更美麗了！

也許是兩隻情竇初開，仍然羞澀情怯的手，在漸漸走攏的距離中，試探彼此心跳是否一樣加速；指尖輕觸，傳遞說不出的情意，接著的兩手互握，就像是彼此心靈最清純的交會。

也許是一雙熱戀中，已經不再試探的手，十指緊緊交纏，時時向世界宣告，難分難捨生死與共的情意。

也許是一對已婚，篤篤定定的手，握住的是共同期許的未來。

最美麗的是，那對牽了數十年，歷經人生風浪，已經熟悉得不能再熟悉的手，握住的是相惜相憐，相愛相護珍貴的記憶。

交　集

比對前世的胎記
靈魂找到失散的伴侶

從青絲，到白髮
這一路──
我用眼波讀你
同步走過
今生的有風有雨

執子之手

很喜歡西洋人的說法：靈魂伴侶（Soul Mate）。

愛情，始終是騷人墨客筆下吟詠不倦的題材。只是，激情過後，王子和公主果真不食人間煙火，從此過著幸福快樂的日子？日復一日，年復一年，看厭了花謝花開，如果沒有靈魂的交集，愛情還能恆溫保鮮嗎？

明知此生只是過客，茫茫人海中，每個人依舊尋尋覓覓。心弦悸動的時刻，有人解讀為磁場相吸，有人說是似曾相識。其實，情之所鍾，說穿了無非是志趣相投，價值觀近似。生命有了交集，因此形成心靈的默契。攜手同行，走過歲月的陰晴風雨；只要彼此相知相惜，一個關愛的眼神，就已勝過千言萬語。

真情摯愛，一如人生旅途中的甘泉。只是，靈魂伴侶，終究可遇而不可求。

愛情詩兩唱

一

是一個生長在沙漠中的孩子
發現妳深邃的雙眸的藍色海
於是不加思索地躍下泅泳
欲一親那日夜響往的綠波
一個不諳水性的孩子
被淹沉入無邊無際的注洋中

二

我足一朵行將枯萎的花
在生命的秋風中受盡煎熬
是妳將我移入愛情的溫室
使逐漸冷卻的感情復甦煥發
在北風囂張的寒冬來臨時
可倚偎著妳賜與的勇氣
等待滿載著愛的春風飄臨

（2010.5.26重寫1954年舊作）

奇妙的愛情

　　在人的一生旅程中，愛情所佔的時間，是其中極少的一部份，但也是極重要的一環。有人因此得到終生的幸福，有人卻痛苦不堪，甚至痛不欲生，賠上寶貴生命，了卻殘生。

　　筆者年未二十，即浪跡異鄉遠離親情，又遇大陸易幟，在有家歸不得的無奈下，踏入職場，奉派到深山工作。每天面對著整山無言的樹木，那份孤獨、無助的心情，幾乎令人瘋狂。天可憐人，這時在政府德政下，在這個窮鄉僻野中，成立了一個「衛生室」，派來一位受過專業訓練的山地護產人員。令人驚訝的她不但善於女紅，也深諳織藝。

　　在一次在上山作業時，遇豪雨受涼感冒，經衛生所醫師診治後，回山村可按照處方，到衛生室取藥。因此而認識了她，她那親切的態度，熱情的關切，深深地感動了我這個遠離親情的遊子。從此，從認識、追求、初戀、熱戀到走上紅地氈，築造甜蜜溫馨的小巢。

　　愛情是件極奇妙的事，在戀愛中因各自關懷，相互勉勵，心靈受到安慰，使思鄉的愁鬱，工作的辛勞均一掃而空，人生從此充滿了希望。感謝老天，讓我一生只有一次戀愛的經驗，沒有經歷苦戀、失戀的痛苦。而這次戀愛，在彼此互相信任、體諒、容忍中，一直延續了五十多年。

（2010.5.26於烏來山居）

因為茄子的緣故

終於明白愛與不愛的邊際
生與死的迴異
在四川館吃著茄堡的同時
想著你的廚藝從炒茄子開始的時候
忽然，我聞到一股騰空而來的氣韻
讓我的腳踩在夢裡
夢卻醒了過來

旅途中發現的兩種愛情

一、香水

在莫斯科紅場，丟下所有的團員，自己跑去尋找他要的香水瓶，氣得團員嘖嘖發出責難的聲音：身為領隊怎麼可以這樣不負責任？

他遙遙走過來的時候，忙不迭解釋：新婚的妻子頗為喜愛收集各種造型的香水瓶，機場、機上買遍了之後，每到一地，便儘可能的到處收集了。他又不好意思地說：自己就是這一著棋，才攻掠了女友的城池，讓女友變成妻子。

二、心靈房間

他們耽在巴林機場的吸煙室，所謂吸煙室，就是你不點煙，也可以在煙霧繚繞中過足煙癮。巴林這個油產量僅次於杜拜的回教國家，儘管穿著白色罩袍，頂著白色頭巾，卻和東西方各國人士齊聚吸煙室，享受著陶醉於吞雲吐霧的忘我境界。

在土耳其，大家都去逛木馬屠城現場時，他們就走在一起，相互拍照。在希臘海邊，他們也一起觀海景、喝咖啡，他

說很討厭妻子的緊迫釘人，很想找個旅遊伴侶，常常一道出國旅遊，寡居的她默默聽著，沒有吭氣。

她觀察他：有一對其大無比的耳朵，可能因此補足了他屁股沒肉的財運吧？開建築公司的他才能做的有聲有色吧。

那次回桃園機場時，他託很多人各帶兩條香煙過海關，說是要給員工的禮物。不過，當她拿到行李後，她把香煙轉託給另一位團員，然後，她就先走了。

遺失告別式

遇上一個笑起來有酒窩的天使
但我錯過了
遺憾猖狂噬掉我遺失了回不去的青春
佛力接引足夠吞沒該死的你的份量

你有故事，不必刻意忘記
也不用抽身來參與我為你的闖入舉辦了
唯一的遺失告別式
我的故事快樂的篇幅寫起來很短
憂慮和害怕的記錄又不是那麼被你在乎
美好的心動，曾經，還是私下慶祝它的死滅

如果可以選擇
還要像一次迷路那樣遇見紙紮的金童玉女
前引西方路後隨極樂天嗎？

還沒被說完，故事它自己已經急著渡化
投在孟婆湯碗裡溺去，不知道可不可以

就這樣安眠
沒有囈語沒有惡夢沒有醒來的一天

我錯過了一個好想疼愛和依賴的天使
像一次新的死亡，未必獲得
重生

一 段
—— 寫給FLY

親愛的FLY：

　　這一段，是青春年少時期完美的一半，讓我至今懷念不斷。

　　我以為，那一吻是新戀情的開端，沒想到天使的相伴卻是如此短暫。於是我領悟，如果幸福的感覺快速到達飽和，那麼洩氣的速度難免也會短得令人難以掌握，以及難堪。

　　那一晚，我們急速詮釋了浪漫的定義，卻也把曲折的偶像劇壓縮上演了一遍。然而，與美好童話故事不同的是，我們沒有「從此過著幸福快樂的日子」那樣美好的結局。沒有婉轉的羞赧，也來不及實話拒絕的真諦，你就離開了。

　　在那之後，我活在遺憾和孤單的世界。

　　每一個服用了安眠藥的黑天時分，總懷念起那一晚的夜色，揣想我們究竟有沒有重修舊好的機會。那一晚的背景有沒有月光，我已經不記得了，但是你的樣貌與深情，在我的記憶中，一直是無比清晰的一段。

　　對待愛情，請原諒我永遠學不會淺嚐即止。

　　　　　　　　練習把「難忘」作為一個專有名詞的　我

木框上的盆花

你坐在石牆裡
用幾分之一秒的快門
捕捉日輪的俯臉
這或許是
你生命中僅有的一瞥。

山城之夜已緊緊收攏
裹住金絲雀顧憐倦藏的彩羽。
你在落雪裡
輕搖，無羈的空間
好似我未曾在你身旁──
是光融化了冰冷的書頁。

（寫於2010.06.05）

愛情的巡禮

　　世界上很少人知道，人最大的快樂來自給予，而不是來自獲取。愛情是什麼？這是一個陳舊又永遠新鮮的話題。由於愛情是不朽的，是不凋的神話，在詩人的憧憬裡，也就隨之具有了永恆性。它是詩人的玫瑰，存在幻夢與真實之間的聖殿。它也是最敏感的藝術，是隨著心跳的脈搏而起伏，雀躍又糾葛、貼進心靈又默然憔悴的一種捉摸不定的感覺。是因為它對四季流轉有如清水般的澈盈？或常忽而幌了幾幌，波湧而去。它恰似風船的浪花，夜的帷幕裡的光點，總帶來意想不到的驚奇。

　　詩總是情的產物，詩人尤以愛情為揭示某些人生的哲理和生命的真諦的最高表現，往往隨心有所動而寫，去挖掘某些閃光的心靈火花；或為悲慘的靈魂歌唱，或描繪出對愛情深沉的緬懷，為我們打開了一個繽紛的藝術世界。我很用心的想，每個人都想獲得快樂，也想得到真愛。對我來說，愛，本身就像陽光。愛，也是一種成長的力量；愛人比被愛重要許多。物質的東西，永遠無法取代愛情，或是溫柔、或是親切，或是友情的空缺。

　　愛情期待我們回應的，是它帶來的純真，而不是虛偽的頌揚。看，它像隻月牙上的野兔，忽而跳到我們熟悉的小徑來；

靜的出奇的是夜的眼睛。

　　如果愛，伴隨所有的拂逆與困厄，那麼神正考驗我們的勇毅與無知。

　　愛是曾認真的沉浸在成長的喜悅時，也不忘具備感恩的心。

　　愛是你追回的驚鴻一瞥，絕倒我幾多思念。

　　愛是一種堅持，沒有退路，只有勇往直前。

　　愛是橫越大海，哪怕尋找光榮的希望於片刻。

　　愛是比一方小石還要潔淨，連枝上的鳥兒，也跟著唱出我們心中的歌。

　　愛是把一切離愁都斟滿，直到靜謐如井。

　　愛是在想起伊的時候，投下更其烏黑的影，在遍地的濃淫中閃明。

　　愛是飛涉了十年，直到岩壁上都留下風的見證。

　　愛是劃破時空而熱烈輝耀的藍星，一掠而過，交結著我的飄零。

　　愛是不論晴雪，甚或夏雨，永不遲歸。

　　愛是一種思念，似微弱的風，飄向每一靜寂的黃昏…

　　愛是我的思想、我的蔚藍，我的海洋！

　　往事是光陰的綠苔。愛情，這東西，哪怕多少年後每一憶想，總在我耳邊放歌昇騰……。泰戈爾說：「欲行善者，必先輕扣其門；散播愛者，門將為彼而開。」我覺得，愛情源自直

覺，是宇宙當中，最迷離，也最博大、高潔；最令人心碎又能以其滋養而苦壯的夢土。僅管愛情是生命中最美好的部份，但愛情是盲目的，也有悲傷與殘酷的一面。常見的是，身陷愛情沼泥的人，時而狂喜，時而愁眉；等到現實的殘酷面目呈現眼前，才會有跌落雲端的失落感。於是，愛情的神話瞬間融化，坐立難安的痛苦滋味，想必傷心者都心有餘悸。每個人都有自己成長的心路歷程，萬一不幸愛情變成孽緣，最後，只剩下理性的心智可以拯救自己。遇到任何苦，再多的難，如果能試著用心地去承擔活著的責任，多想想，「退一步」，就是海闊天空，因為，經驗是良師。慈是與樂，悲是拔苦。道，就在心中。

愛情不是憐憫、施捨，也沒有貴賤之分。在心靈的展望中，愛，永無距離。愛情也如履生命深淵。任何一個備受矚目的公眾人物，其實感情生活與凡人無異，一旦沉溺於一時的幸福巔峰，或涉及感情風暴；從幸福轉為不幸而翻落苦難深淵，結果只需一瞬之間。不可不慎！一個人一生能擁有一次真愛的回憶，是最幸福的。如能讓愛植入心中，就能看見自己的善良光輝。愛情的道路，就像是山路一樣；不管是平坦的、崎嶇的，累了，就休息，要懂得調解。只要有能力邁步，我們就該奮勇不懈，人生也會變得豐富又多彩的一面。最後，僅以一首詩，向愛情致意。

靜　音

紛擾市聲裡
將他人調整為
無聲的來電

來電的
其實
是眼波不是電波
你專屬的鈴聲

當十指緊扣
微笑連結成不悔的兩岸
在胸臆間迴響……

達令。達鈴
達鈴。達令

恬靜的兩人世界

　　人際的繁複與錯綜總令人想急欲閃躲，但身為一名社會人，擠身滾滾紅塵，要全身而退談何容易。

　　在世俗中生活著，既然無法避免他人的干擾，但下工時分，總可以還原自己清靜的時刻吧。將他人調整為無聲的靜音，靜靜享受著兩人的時間，來電達鈴全轉換為眼波的脈脈含情。

　　縱然生活無非是苦，但生活的喜樂，在十指牽繫中於是圓融。

失，戀曲

向淵深之處張望
彷彿靈魂也為之失落
踩在那條脆危的道路上
捻起一首
細細的戀歌

可以哀悼吧？
即使不是祭歌悼曲
就讓我們悼念任何一段
屬你屬我的愛情
幽幽唱著
緩緩走著
若尚有閒情
不妨笑著

直到曲盡
新的愛情
也就即將完成

戀，從失去開始學起

　　W在咖啡廳裡帶著淚和我滔滔地說著，說起那一段小她八歲的男友的故事，說為了他成為跟蹤狂，為了他故意懷孕，為他換了日夜顛倒的工作，為他做了一切，為他虛耗到三十歲，而他卻拋下W一走了之，潸潸的兩行淚帶著妝，化在臉上。

　　我默默聽這一段刻骨銘心的故事，彷彿在聽著所有相似的社會事件的前因，也無法開口安慰W，或許，面對一個不懂得失去的人，也不該再多說什麼。

　　我們都在失去後才明白擁有是怎麼回事，但往往卻都沉溺在失去的憂傷中無法自拔，既是如此愚昧，亦是如此執著。回到我們瞭解「愛」的源頭，或許我們可以刻畫出一段青澀的、綺麗的而且帶點莽撞的回憶，那青少年時期的熱情，對愛還不甚了了，卻又義無反顧，只覺得可以將生命或一切奉獻，有著殉道者的狂熱，卻往往燒著了自己，也燒傷了許多人。

　　那樣的愛很盲目，比較接近佔有欲。就像我們在成長的過程中，常常有著這樣的「依賴的小物件」，或許是一件幼時就陪伴著你的小毛巾被，你不擁著它就輾轉難眠，當你失去它時，必定悵然不已，愛情，很像這樣的小物件。心理醫生告訴我們，就為這樣的小物件舉行一場告別式吧！鄭重且嚴肅的向

它告別,或許我們的愛情也該如此學習,學會告別,才更能在下一次愛情來臨時,用最正確的姿態,去擁抱你的愛情。

祝福,那還不懂失去的W,以及其他人。

投　奔（台語版）

干單是投奔到有你的天空下
已經互我雀雀跳，著準講
只是路過有你的城市，甚至無機會
行佇你捌行過的路頂
啊！我是安怎向望
佮你呼吸共一片土地的空氣
無論山風涼無涼、嶺頂青無青
無佇你身邊的日子身軀可能自由
心靈煞一工一工枯礁，我覺是
我已經無心矣──
投奔到有你的天空下
就使見未到你，嘛互我心臟一直起顫
才雄雄發覺，伊猶存在
想卜呼吸你呼吸的煞呼吸未到你呼吸的
想卜參抱你參抱的煞參抱未到你參抱的
投奔，咁毋是自由的咧？

哪會我的心，有淡薄仔擰的——
疼

（2010.05.26初稿2010.06.14定稿）

註：雀雀跳（chhiak-chhiak-thiàu）：雀躍。
　　就使：縱然。
　　起顫（khí-chùn）：顫抖。
　　參抱（san-phō）：擁抱。
　　擰（liàm）：擰、捏。

投 奔（華語版）

光是投奔至有你的天空下
已叫我雀躍，即使
只是路經有你的城市，甚至毫無機會
走在你曾走過的道路上
啊！我是如何地渴望
跟你呼吸同一片土地的空氣
無論山巒青不青、山風涼不涼
不在你身邊的日子身體或許自由
心靈卻日漸枯乾，我以為
我已經無心了——
投奔至有你的天空下
縱然見不到你，卻令我心臟不住抖顫
這才突然發覺，它仍存在
想呼吸你呼吸的而呼吸不到你呼吸的
想擁抱你擁抱的卻擁抱不到你擁抱的
投奔，不是自由的嗎？
怎麼我的心，有點擰的——
疼

（2010.05.26初稿2010.06.14定稿）

投　奔

　　這世間因為有情，所以有詩；這世間因為有詩，所以美麗。很多人平時不讀詩，情感對於他們來說，就是生活的現實；但也有不少人喜歡讀詩，進一步寫詩，因為情感與詩一樣，對於他們來說，都是精神的糧食。

　　愛情之所以動人，正因為它可以激發人們的創造力，每個在愛情中沉溺的人，總是附帶著那麼一點傻氣。在愛情的甜蜜與痛苦這把雙面刃之下，能保持理性全身而退的人，畢竟是少之又少。可愛的是，愛情這杯烈酒所帶來的情感發酵與其後勁，足以讓詩人醞釀出動人的情詩，所以愛情對於一位詩人來說，可解讀為一場修煉，當然就有其存在的必要了。

　　以前我有個朋友，曾娓娓訴說他與女友分手的理由，歸納起來理由竟然只有一個：「因為我太愛她了！」決定分手，是因為他對女友的愛，讓他深刻體會到執著的痛苦。當他沉溺於愛情之中時，無可自拔到每天無時無刻不想著她，沒有辦法專心工作與好好生活，人不像人、鬼不像鬼地憔悴度日。他們一個在南；一個在北。思念一個人卻見不到她，對相愛的人，說

有多煎熬就有多煎熬，因工作而長期分離的痛苦讓重感情的他簡直是生不如死。

　　他每週五下班就趕著搭火車去南部見她，住上個兩、三天，聊解相思；每週日再搭深夜的火車回台北上班，就這樣往返好幾年，在深濃的愛情中，夾雜著許多的折磨與不安全感，想盡辦法艱難地維持著這段感情。兩人曾考慮過結婚或者調動工作，然而現實與理想讓他們兩人都無法放棄現有的工作與生活方式去遷就對方，於是遲遲無法協調出一個兩人的未來。某一天的下班後，那其實並不是週五，但他再也忍受不住思念的煎熬，不顧一切地跳上火車去南部見她，在自強號上獨自過了幾小時，好不容易捱到了目的地，下了火車，他卻沒有去找她。在月台上，他站在那裡看著來來去去的車班良久，不住地想著：「我為什麼把自己的人生過成這樣？」終於，他買了一張回台北的火車票，再度跳上火車，離開了有她的城市，也下定決心分手。

　　投奔到有心愛的人的天空下，因為深愛，是那麼理所當然，別無選擇，因為深愛，所以一切癡迷的舉動都有了合理的解釋。然而，兩個人畢竟是單獨的個體，再怎麼愛，也無法將對方融入你的生命。因為相愛，而渴望彼此的生命與靈魂交融為一，終究只是一種不可能達到的奢求。愛情需要衝動，在

理性的思維之下，是不可能有純粹的愛情存在的，不過友誼卻是可能的。愛情不需要理性，只要感覺對了，不管對方的條件與現實環境，愛上了，就是那麼義無反顧，就是那麼獨特而唯一；而友誼則需要理性去經營，發乎情，止乎禮，友誼就能維持下去。

　　愛情雖然不會長久，但正因為它的善變，所以轟轟烈烈，所以淒美。若想讓愛情永遠存在，則它必須昇華、轉化，除了尊重對方是一個獨立的個體，給予雙方空間和時間共同成長，也要加入其他的元素，才不會枯燥乏味，導致愛情的枯萎，甚至走進愛情之墳。至於詩呢？需要有情感作為產生的要素，沒有真情的詩，是不會動人的。投奔到愛情的天空下，或許甜美短暫，但畢竟是一種體驗人生的過程，投奔到詩歌的天空下，則會讓生命更加豐盈美好，沒有什麼需要被犧牲與遷就。

（2010.06.14）

等，你

我可以等
等到來到我面前的你
我可以等
等到讓我怦然心動的你
我可以等
等到心疼我掉淚的你
我可以等
等到牽起我小手的你
我可以等
等到把我當作唯一的你

　　　　　　或許，我
　　　　　　很渴望

但
我必須等
等到和我一樣愛上帝的你
我必須等
等到上帝派到我跟前的你

　　　　　　　　而我

願意等

我們渴望被愛

　　每一個人都希望遇見自己最深愛的人，與其說更希望能遇見一個深愛自己的人，因為被愛比愛人更幸福，世界那麼的廣大，我們不斷的等待著屬於自己的白雪公主、白馬王子，「等待」，對一個正是擁有美好青春的人來說，似乎是需要很長久的耐性，但對有些人來說，這卻是重要不過了，因為總是相信，有一天可以等到他的出現，當第一眼遇見他時，就能怦然心動的愛上他，也許需要時間的等待，期待最後一定可以嚐到等待後果實甜美的滋味。戀愛的滋味是甜美的，但能真正找到對的人似乎並不容易，我們可以期待結出的果實是甜美的，但卻不能準確的選定最甜美的那一顆，或許「選擇」比「等待」更是一個殘酷的決定，選定一個人，把他當作唯一的，用自己的全心去愛他，接受他的一切，無論好的或壞的一切，有時更需要去為了對方做些改變，甚至試著去配合彼此的腳步，去體諒對方，去關心對方，心疼對方傷心流淚，捨不得責罵對方，有好東西時第一個想到對方，忍耐對方的無理取鬧，珍惜對方的每一個優點，尊重對方的每一個決定，也許找到這樣的人不容易，但，我卻始終相信，有一天，他，會出現。

華園的午後

剎那

命運交響曲奏起

呷一口香檳以求淡定

遍地開滿月見紅

換一杯白蘭地開胃

逗弄著奶油蛋糕上的草莓

受傷了的鴿子銜來雜色康乃馨的邀請函

朔月之日

晚宴的夜空只需眾星的璀璨

涼風輕轉

且待望月之時

展開新世界的樂章

午後的華園

命運般的偶遇決定那半秒鐘的思緒。

布拉格的鐘聲響起，如同約定好的鳥兒一同振翅高飛，你無意地抬頭觀看片刻，然而轉身的瞬間就

在那不禁意的一瞥，你明白了你的心多跳了一拍，卻不曉得他的意到底有沒有因為你們之間那糾纏

半秒鐘的視線而動搖。

你若無其事的抽回目光，卻已花三分力氣在調回心律，但事後想起那時便又要花二分力氣在於平靜。你和他不停止的巧遇直到進一步結識，這使你不禁思考其中是否有著怎樣的安排，巧合的令人生疑，為此你感到喜悅又困擾。呷上一口香檳、輕轉酒杯，撐著頭的你思考著那失神的片刻，到底從對方的眼中看見了何物。迷濛的視線看向前方，你以為自己的心就像那一大片渴求愛情的玫瑰花

海，大膽熱情又毫不畏懼，可這終究也只是你以為而已。

噙著笑的你輕輕甩了甩頭，為自己跳躍性的想法而感到有趣，難道這就是愛？你腦中冒出了這個疑惑，順手地為自己換了杯白蘭地，濃烈的味道充斥整個味蕾，你慢慢的品嘗著，手指有意無意的撥弄著奶油蛋糕上的草莓。你想起以前總有人說

戀愛就像草莓一樣酸酸甜甜的，可以前的你只知道自己喜愛吃的是甜到膩口的巧克力。但那草莓的味道像極了現在自己的心情，矛盾的莫名其妙。

　　你驚訝的看著受了傷的鴿子降落在桌上，嘴上叼來了一枝雜色康乃馨，腳上綁了一封邀請函，你陡然明白那是在表達哪種的意思。苦笑的撐著頭，自問這算是失戀嗎？你無奈的看向夜空，今日是沒有月亮的夜晚，卻依舊有群星陪伴著黑夜。你的名字中有月字，他的名中亦有夜字，那就如同現在，今夜不需要朔月的守候，也仍有足夠填滿整個夜空的星子散發光輝和熱情。

　　微伸懶腰，你已然明白這無疾而終的情愫，終究被輕風帶走。你思考著或許應該到巴黎流浪一下，到那裡展開新的世界探索，而那裡的月也許會是夜的唯一。

蝴蝶・蘭

執意尋訪知己的蝴蝶
終遇見那株蘭
立足山巔、根盤奇岩
似曾相識的笑靨

久襲的思念
不歇的雲霧
湧起
一波波浸潤滋長
悄悄的，想用永世的紅線
繫緊，縛牢

在分分秒秒的凝眸中
望見無數搧著粉翅的蝶兒
循著前世的軌跡　翩翩
飛來

愛他，因為你

　　每當接到兒子的電話，我便掩不住滿臉的笑意，即使前一刻還對你臭著一張臉，立即轉換心情。

　　你頗為吃味：「大細漢差這麼多。」我總獨裁的說：「對，就是這樣。」不容有意見。

　　因為愛你而愛他，你懂是不懂？

　　由於長輩的介紹，我們在一九八五年相識，之後，寫了兩年多、一天一封的情書（有時一天兩封），學理工的你沒有動人的文采，唯有誠摯的心意，我們在親友的祝福下快快樂樂的結婚了。

　　二十多年過去，老大、老二相繼到外地求學，再過三年，小兒子也要「飛」出去，很快的，只剩下你我在家中彼此相對，回到最初的模式。多年來為孩子忙得團團轉的我們會頓失重心嗎？會「相看兩相厭」嗎？愛是延續，不會停息；情是擴散，不會減低。完成階段性任務的你我，以後……將有更美好的光陰要共度。

夢幻山水

山風牽引風鈴顫動的宇宙
如波洶湧
銀月殘留餘光探測的心井
記憶翻飛
過往起起伏伏
彷彿嬉戲追逐的蝶影
映入忽上忽下的眼前風景
沉澱祝融造訪後的荒原
驀然發現燃燒未央旳餘燼
悄然持續保溫
你說
即使你千姿百態如龍之雲舞
我一樣堅定不移
真情相隨如昔

（2007.03.12）

閱讀神話‧閱讀男女與愛情

　　攤開西方典籍，不管是真是假，聖經揭示，上帝為了不讓亞當（Adam）孤單，所以又創造了夏娃（Eve）。之後，夏娃受了撒旦（Serpent）的誘惑，吃了上帝禁忌的智慧果（Fruit of Knowledge Tree），開啟了凡人的智慧，因此，亞當和夏娃被驅離伊甸園（Eden），成為第一代世間男女。

　　顯而見的，上帝不希望人類有智慧；夏娃在西方基督宗教中則成為「原罪（sin）」的始作俑者，遭受世人的非議。

　　而在希臘羅馬神話中，傳說普羅米修斯（Prometheus）和智慧女神雅典娜（Athena）創造了人類後，又跟雅典娜學到了各種知識與技藝，其後又將這些知識技藝轉而傳授給人類。但是眾神之王宙斯（Zeus）害怕人類能力超越神靈，因此，撤除人間的火源。普羅米修斯不忍人類「失火」，於是為世人盜取火種，卻因此引來宙斯的懲罰，每天遭受老鷹啄食肝臟的苦難。而宙斯為了報復普羅米修斯的行為，更命令火神希費斯特斯（Hephaestus）製造出第一個人類女性——潘多拉（Pandora）。

　　潘朵拉被創造之後，就在宙斯的安排下，送給了普羅米修斯的弟弟伊皮米修斯（Epimetheus）。因為宙斯知道深謀遠

慮的普羅米修斯不會接受他送的禮物。伊皮米修斯接受了潘多拉，在舉行婚禮時，宙斯命令眾神各將一份禮物放入一個盒子裏，送給潘朵拉當禮物。雖然普羅米修斯曾警告伊皮米修斯，千萬不要接受宙斯的禮物，尤其是女人，因為女人是危險的動物。而伊皮米修斯就跟其名字一般，娶了潘朵拉沒多久之後，就開始後悔了，因為潘朵拉的好奇心打開了裝載各式各樣禮物的盒子，包含了幸福、瘟疫、憂傷、友情、災禍、愛情……，從此，人類就生活在喜、怒、哀、樂不斷循回、變化的無常當中。也因此，人類有火、有知識、有能力，卻也不斷的有各種災難。

聖經中的上帝，不喜歡人類有智慧，希臘神話中的眾神之王宙斯，則害怕人類能力凌駕神靈之上。

聖經和希臘神話，不同的宗教體系，卻似乎有同樣觀點：女人是禍水。

閱讀了夏娃和潘朵拉，再看一看賽姬（Psyche）和尤麗黛絲（Eurydice）。

賽姬，人世間罕見的美女，招惹愛神維納斯（Venus）的忌妒，於是派遣她的兒子小愛神邱比特（Cupid）設法將之去除，未料，邱比特看到賽姬時，也無法抵擋賽姬的魅力，於是，偷偷瞞著母親維納斯，將賽姬私藏在自己的宮殿中，並與賽姬協定，成為賽姬「無法看清真面目」的夫君。賽姬後來卻受到姊姊們的慫恿，違反與邱比特的約定，夜晚秉燭看清他的

真面目，邱比特因此傷心難過、憤而離去，賽姬也因此展開尋夫之旅，最後也挑戰維納斯給予的「不可能的任務」。

賽姬的故事，雖然最後以喜劇收場，但是她除了和潘朵拉一樣具有好奇心之外，對另一半則有「信心不足」之嫌。而終究事情原委，當然不能責怪賽姬，因為誰願意擁有「不能露臉」的先生。

幸運降臨賽姬的身上，厄運則讓讀者為尤麗黛絲深深惋惜。

故事中身為歐菲斯（Orpheus）妻子的尤麗黛絲，因為不幸遭到蛇吻「一命歸陰」，歐菲斯失去愛妻後，強忍著悲痛，決心帶著父親阿波羅（Apollo）傳繼給他的豎琴與音樂才能，深入冥府乞求冥王黑德士（Hades）將愛妻釋回。冥王為他的樂音深受感動，允其所求，條件是歐菲斯在前帶路，尤麗黛絲跟隨其後，未離開陰間前，歐菲斯不得回頭看望其妻。然而，歐菲斯到達交界點看到陽間光線時，因為害怕尤麗黛絲沒有跟上，回頭一望，從此卻陰陽相隔，無法聚首。

顯然的，歐菲斯除了思妻心切外，對另一半也是「信心不足」。

由上可見，女人在西方宗教與神話傳述中，可說是麻煩的製造者，然而，問題是：

全知全能的上帝在為亞當創造夏娃時，無法預測亞當與夏娃之後的行為舉止嗎？如果上帝早就掌控這樣的結果，那上帝

為什麼要這樣做？有什麼預謀？

　　潘朵拉是宙斯的旨意所創造出來的，盒子也是宙斯按照計畫送給潘朵拉的，所以咎其禍首，到底是誰的錯？

　　反觀男女之間，不管是神話的闡釋或現實生活中的事例，「信心不足」，勢必也成為雙方間隙或分離的重要原因。

　　男人被喻為山，女人被喻為水，並沒有任何新創。只不過山水相隨，是大自然存在現象，也是人文藝術中歷來不曾間斷而一再被呈現的主／話題。不管上帝創作夏娃或宙斯旨意下的潘朵拉真正目的與意義是什麼，在一般世人的生活價值觀中，男人與女人是必如秤砣與針線一樣結合相隨，始有功能與意義。一花一世界，一沙一天堂；男女相攜共創的一家子，也是一個包容萬象的宇宙，而這個宇宙是天堂、是人間，還是地獄？就得端看男女雙方彼此之間的信任，以及如何因應潘朵拉從盒子釋放出來的各種考驗；在風吹草動、芝麻綠豆大的各種生活面向與境遇／域中，如何拿捏喜怒哀樂的紅塵意欲，在海嘯中沉淪，或是在波濤中享受衝浪樂趣，在在考驗上帝與宙斯引以為禁懼的，人世間男人與女人所擁有的智慧與能力。

（2010.10.28）

動　情

你以執著，燃起我的溫柔
告訴我，雲的那一端巧遇了彩虹
你說，淡藍色的雙眸應該由你守候

你說，對的時間愛的樣子才會不朽
你說，相愛的兩人，錯過是不道德
你說，再也不要隱藏刻骨銘心的熾熱

一句眸語，醞藏了怎樣的錦鏽
當你喚起我的小名，我心中已植滿風景
當你，簽你的名字，在我的夢河
愛的種子，已經悄悄墜落，溫柔的氾濫著我

我想，我是動了真情
才會以，搖曳的錦瑟去編織夢河

我想，我是動了真情
才會敲落鍵盤，讓你走進心房開採紫色
我想，我是動了真情。在，午夜飛夢這一刻

教師節寫〈我の男友〉

　　今天是教師節，我的男友是位教師，在某國立大學任職，理應一大早賀喜他，鎮日裡我卻完全忘了九二八這回事，又無意中給他一個特別難堪的教師節禮物，這會兒，他應該仍在生氣中。

　　他於我一直是股安定力量，一百分理性男子，遇上我這要求一百分浪漫女人，是幸還是不幸？很難定論，他倒是樂在其中。那年中秋，我們情定「醉月湖」。他縱容我不斷闖禍，受傷後躲回他身邊療傷。他是好人，真的是個善良的好人，思想從不歪邪侵入，曾經我故意試探，告訴他我身在商場，懂得回扣機制，話還沒講完，就被他狠狠地一頓罵。他永遠當我是孩子，老是摸摸我頭頂說：「怎麼永遠長不大？」他是男友，是哥哥，有時卻更像老爸。教授機動學，還有不知啥分子原理研究。

　　在我眼裡，他是「數學天才」，建中時，測驗智商就有一四八，被我傻氣汙染多年，現在人概有下滑。我的數學成績，一向很差，國中開始，更一路溜滑梯，被數學老師打手心很痛，我會心裡暗罵：「數學老師有啥了不起，改天我交男朋友當你老師。」彌補心態發酵後，我交友篩選以數學成績當門

檻。我的初戀情人，是班上每次數學考第一名的那位轉學生。長大以後，出現我生命的男人全都專攻電機系。這也是我當年爽快答應男友追求的潛在原因。只要沒排課，他整天躲在實驗室，他說有天拿諾貝爾獎送給我，我說獎金歸我，獎牌歸他。於是我開始到處去查諾貝爾資料，到底獎金有多少呢？後來發現沈從文差點捧到桂冠，卻在獎頒發前三個月死亡。諾貝爾獎不頒給死人，這點讓我嚇到，催他加緊實驗腳步，同時希望他加強體能訓練，督促他維持健康強壯。……張愛玲說的，要快、要快！

他很沉默，不苟言笑，整天在思考，我是笨女人最愛小狗，整天瓜拉瓜拉的說個沒完。他最愛聽我說笑話，講過一百遍的網路笑話他仍是笑倒。玩腦筋急轉彎，他永遠猜不到，但他隨身隨時解數獨。他伏地挺身可以一口氣做兩百下，象棋玩到四段，可以下盲棋，但是永遠記不住我們的相識紀念日，搞不清楚我們交往了八年，還是十年。約會永遠上同一家餐館，學校對面，臺一紅豆冰學生時代吃到現在仍不膩。

他說他的思考是垂直，我的思考是橫向；他是可以衝向雲宵，我是大海廣納流川。第一次帶我去T大圖書館，獻寶他的碩士論文，卻錯拿到博士論文，差點沒讓我暈倒書櫃中，他自己也頻頻頓足，兩次驚喜一次用光。說的也是，那次以後他再也拿不出讓我更驚喜的東西。

我喜歡《紅樓夢》，他獨愛《三國誌》。我買張愛玲書的

時候，他抱著棋譜。面對外界誘惑，他八風吹不動，他的研究室沒有他人可以進入，更別說男學生女同事。我是身無彩鳳也能自己飛翔，沒事敲敲小文小詩電暈路人甲，也把自己電得傷痕累累。

　　我媽媽和外婆都是標準客家傳統婦女，說話一向最中肯，她們同時搖搖頭，異口同聲地說：「愛上妳，算他倒楣！」

（寫於2010.09.28教師節）

鉛　字

一枚鉛字
仰面躺在
接近中年的豪華夢遺裡

月亮被孔雀的背影所遮蔽
天使紛紛嘻笑著把雪搖給瞎子：
白的唷　白的唷

（2010.07.12台南）

阿尼瑪（嘶）與阿尼

事情是從死鯨魚爆炸開始的，她只記得這個。

那時他們正在爭辯一則死鯨魚在爆炸前露出陰莖的過時新聞，因為太過久遠，奔流腐臭的黑血和肉塊都魔幻起來。那根陰莖實在太過巨大，大得都超過愛情的想像了。她覺得即使是頭處男鯨魚，也會有人想念牠俊美（？）的陰莖。男孩則認為如果鯨魚是處男，根本不存在經驗與記憶，怎麼可能有想念呢？

然後就吵起來了。

很奇怪她就只記得這個意象：全部裂開的，已經裂開與還沒有裂開的，那似乎是一個全視的「點」。她站在那裡，看著阿尼瑪（嘶）像天神，像首詩那樣翩然走出來，滿身烏血從死鯨魚肚子裡走出來，並且微笑著把鯨魚陰莖拖走，那是山一樣巨大的陰莖啊。那天她本來想跟男孩談的不是處男，不是鯨魚或任何哺乳類動物的陰莖，阿尼瑪（嘶）如此輕易底從她手上取走一些東西，全消失了，追都追不回來。男孩突然發怒，然後就全裂開了。

或許在阿尼瑪（嘶）的面前，從來就不可以討論陰莖吧。或許她是刻意激怒一直寄放在男孩身上的阿尼瑪（嘶），好讓自己搞清楚這麼幾年來的恩恩怨怨反反覆覆煩得要死。

　　但她總是被奇特華麗的術語蒙蔽了：阿尼瑪（嘶）不僅是人想像出來的造物，且名字與面容都經過重重的翻譯解讀。他來自沙漠，他來自森林，他來自陰冷的湖水，也來自熾烈的火山。阿尼瑪（嘶）是一個面容可怖的天使，一個身形綽約的魔鬼，你永遠不可以相信他。不，相信阿尼瑪（嘶）還不如相信阿尼，阿尼不僅是個貨真價實的橘色玩具，具有結實歪曲的縫線、毛茸茸觸感與兩個鋰電池，而且你只需用力捏他，阿尼便會從面罩裡悶悶底發出：「嗯嗯嗯！（幹你娘！）」的呼喊，這才是現實世界啊，現實總是滿嘴髒話又語焉不詳。

（2010.10.02囈語）

註：榮格心理學，阿尼瑪斯（animus）：女人心中無意識的男性形象。

想

我打算愛你
愛你的響尾蛇和像你的小孩

……我哪裡也沒去
抵達的時候已經這麼深

在你深處

　　他負載著我的夢境。他是一個我永遠抱不到的人,我將所有的秘密投遞給他,上百封的書信,密密麻麻。那些想要說的話,那些沒有音節的思想與愛慾,透過一條看不見的網路線,糾纏著彼此的人生。

　　他的訊息,啊,關於他的話語和回應,有鹿眼的哀愁、妹妹科技風的外套、綻放的雪、愛了這麼久的假連翹、趾尖的懸垈、永不落下的鬼體字、海上的家,他落下的髮辮如湧出的眼淚。他全盛時期的愛每天都有清醒的傷……

　　我以為我的紙飛機、瓶中信,是要鬆動他愁困的城池,殊不知人的貪心與想像的法力,像一陣狂暴的龍捲風,不容得人們決定歸宿。在我心中,他的才情比天還大,我仰慕他所創造出來的每一個字,以及標點時思考的呼息。

　　他轉動了悲傷之鎖,也許我早就想這麼做了,滑進去顯得自然無礙。我白天工作,晚上寫信,把時間和真假混亂了。我夜半寫信,他醒來收信,這是我們愉快的烹飪。他會想一些遊

戲給我，在他的世界裡，妓女和老師是沒有差別的，旋轉、讀一首詩、唱著走音的歌，都很美好。他說故事給我，像一片藍藍的大海，喝醉的大海，而且漂浮到哪裡都有詞和花香。他是我夢寐以求的一切，是我到達不了的自己，是脫光也不害羞的畫室。我們喘息又哭泣，笑了又貪婪，不放過你，你一定可以承受我所有的吶喊，所有的醜陋和表演，只有你無論如何都想要。我必定要在你冷漠的眼神之中奪取溫柔的伏筆，當然，這是愛的戰爭。我們都輸得很漂亮。

他可以是任何人。她可以是女人。

「窗簾壞掉了，壞得像藝術，太陽傾斜了。」
「貓咬人，他的名字是人J小的i，紀念品，我會服侍他。」
「我寫不出來，我的想像力只配寫一封信。連部首都無法決定。」
「我感覺那個很兇的同事是同志，我覺得自己很不健康。」
「你為何不回信。」
「大笨蛋，我就要被耍了，你知不知道。」
「我寫了一首詩，你覺得那是一首詩嗎。」
「他打我、他兇、我想我倒不出來了。」

房間很空，你又過了第七天信箱沒信。有一天我看見鏡子裡的自己，為何她今天不漂亮。我愛你。我確信有你的愛，有一天，繁花又會似錦，我們會微笑著，學會離別。「謝謝你讓我喜歡你。」我將為你寫一幕奔跑在夏日，掉進冬水裡的戲。

拼　圖

我把自己拆解
成一塊拼圖
不斷地
重複錯誤……

生命，只剩下
疲憊
與虛無

鮮血，從愛的股間
迸出……

我以今日的我
殺死昨日的我
再殺死未來的我

我，只剩下
當下，不斷重複錯誤

拼湊被拆解的
自己……

而，你在哪裡？
這輾轉反側的夜……

（2010.08.31）

思念是愛情的火

　　其實，老早就想寫信給妳了。因為有些東西用嘴巴是講不出來的，勉強講了，也講不清，甚至可能會造成誤解。人類的語言，有時對於心靈溝通竟會是一種障礙；文字書寫，或許可補語言的不足吧。但為何，我一直遲遲未能提筆寫信呢？那是由於，我們身體的距離太近。妳一定有些不解吧。

　　寫信給妳，不同於一般的文字書寫，可用諸多文學技巧來掩飾、隱藏、象徵與暗喻，它是種赤裸裸的告白。因寫信，有活生生的對象，尤其是妳，我第一個親密的朋友。所以，寫信如果沒有足夠的時空迂迴，我害怕，文字也會成為另一種華麗的迷障，阻礙我們的心靈溝通。

　　沒有電腦網路的年代，從寫信到對方收到信，總免不了要兩三天的時間，期間，要經過投遞的奔波與倚門的等待，彼此的思念經時間與空間的流轉，反而更加綿長與深植，種種的勞累憂煩與看似苦痛的煎熬，都在收到信息的當兒發酵為無以言喻的幸福與喜悅。

　　現在的科技，讓信的收發在瞬間完成，連等待的滋味都來不及品嚐。速度，乍看彷彿拉近了人與人間的距離，於是，大家都跟人驕傲地說：世界變小了。世界變小了之後，卻又好像

讓人覺得失去什麼似的悵然。是不是，有些東西在這同時正悄悄地變遠了呢？

此刻，窗外正下著大雨，夏天的白晝漸漸被黑夜侵蝕。而我，正有點不安地敲打著鍵盤——妳看，我的寫作習慣也逃不過電腦的強勢侵略，雖然我有點懷念拿筆書寫的感覺與情境——寫信，給妳。其實，這封信是一星期前就開始寫的，那天，也是妳住進新租賃房子的第一天，寫到一半卻因臨時有事而暫時擱筆，但沒想到竟停了一星期之久，原因是，隔天我們又見面了。幾乎天天見面的黏膩，如往昔一般，讓我無法沉澱心思好好重新審視我們之間的關係。無疑的，妳已經成為我近兩年來生活的一部分，而且是重要的一部分；但，不可否認的，也像其他情侶一樣，我們彼此間也存在著某些問題。柏拉圖說過：沒有反省的生活是沒意義的。相信，妳我都希望讓生活更完滿，在一起，總希望有「相乘」的效果，不要兩個人三隻腳，互相羈絆，變成彼此的負數。所以，我們要坦然面對，在變易的現實中適時調整出我們最好的相處模式。

會說「變易」，就是否定了「永恆」這種東西，我越來越相信佛家所說的「無常」觀念，尤其關於人的種種更是如此，當然包括人的「愛情」在內。是的，愛情的實質內容，會變，會老，更會枯槁死亡；但，我們追求愛情的心，是否可以是不變的，正如同追求理想一般，人這卑微渺小卻熱烈的心，可以成為宇宙永恆的一聲長嘯嗎？或許，這擲地鏗鏘的熱情，只是

佛洛依德眼中歇斯底里的病徵罷了。

　　對於愛情，總有太多疑惑。一對情侶，去辯證彼此間的愛情的存有，恐怕是無意義也沒有必要的。與其立下山盟海誓互相佔有對方，不如用愛放開彼此，時時努力去改善、經營共同的理想生活。因為，人類與生俱來的永不滿足的慾望，會使再怎麼堅貞的盟誓海枯石爛的！不過，這看似劣根性的慾望，有時卻是人點燃理想的生命之火。

　　不知何時雨已變小了。先前我因大雨而不安的心早已平歇，此刻卻因雨小後的片刻寧靜又不安起來。妳知道的，那是習慣使然。是的，我也害怕我們的關係變成一種習慣。人真的很矛盾，剛開始相處時，千方百計想調整自己來適應彼此，適應之後，卻又害怕生活的感覺只變成「習慣」而麻木不仁。

　　相信妳已看見我的恐懼與矛盾，才願暫時搬離我的住處，真的感謝妳的體諒，體諒我與生俱來一顆易騷動不安的心。

　　其實，我們相隔不遠，才六公里；但此距離足以讓思念發酵，讓愛情成長，我已隱隱嗅到心靈探索的喜悅與幸福，也將品嘗其中的孤獨與憂愁。這探索可說是一種探險，但絕非是追求時興的性愛遊戲的前奏，相反的，我主張對肉體的忠誠度，基於健康，也基於精神渴求大於肉體慾望的信仰……這當然不是什麼山盟海誓，而是一個正式邁入不惑之年的人勇敢的表白與心事。

　　妳哈哈大笑了吧。

那天，妳一離開，我便迫不及待地給妳寫信，因為，我已經開始思念了。相信妳也是。

（2004.08.29）

鐵　橋

希望捕捉
夜車經過鐵橋
串聯的一格格光之窗櫺
像是電影慢慢播放
一串心靈
滑向彼岸而等待著

但我總是失敗
列車太快越過
來不及捕捉你
坐在車窗邊
望著黑暗的原野
想著一個剪影

盞盞黃色的窗
滑過瞬間
你不能停格了
因為故事奔馳著

因為我們是如此遙遠的記念著
空蕩的鐵橋
原野
燈

與擦身而去的無盡黑暗

（2010.10）

捕捉夜行列車

深夜聽見遠方的田野火車馳騁。我幻想我站在黑夜的鐵橋下，觀賞它的車窗：一串串的昏黃格子，裡面一張張的臉。我想你可能不會坐在車上。你不會在任何一個格子裡面出現。但是我又盼望，你會坐在那張車椅上，讓我仔細地觀望你。你還好嗎？你有改變嗎？你還是拿著一本德文小說，仔細地閱讀著嗎？

我坐在夜車上想像我是一個孤獨的人。窗玻璃上反射出的剪影，沒有人會把它貼在相簿裡面。我搭上了列車經過你的故鄉。你的家在山腰上，屋簷下點了一盞燈。不知道你是否在裡面。如果你在故鄉，你是否快樂？你是否已經找到適合的人？我隨著夜車晃動著，看著車窗玻璃上那個陌生的人，看著今生陌生的你。火車漸漸遠行。

惠特曼的火車是感性的，它經過了原野，帶過了旋律；它帶來了希望，帶我們走過土地。愛蜜莉的火車是謎語的，比較理性，比較抽象。我的火車，偏向惠特曼式的鄉土，裡面總是裝滿著南方平原的記憶：火車經過甘蔗園與稻田，越過大武山與高屏溪。火車悄悄穿過清早迷濛的稻田與白鷺鷥，咆哮地越過中午平交道前的人群，慢慢滑過夜裡高雄的燈火。

異國的火車是靈感的泉源。常在歐洲的長途火車上記載心靈筆記，或在街車上觀察踽踽獨行的路人。此時心中的感觸多是奔放的，像是一條小河流，流過心底。把那種感覺寫在筆記本上，歪歪斜斜的筆跡就像走過的路，遇見的人，聽到的故事；沒那麼完美，卻帶著深厚的感情。

　　愛情就像是一個坐在火車上面的人。你關心過也詢問過他的旅程；你會與他分享旅行的種種發現與感覺，是理性與感知的對話。愛情也是殘酷的，健忘的，常像過客般地消逝，只留下模糊的記憶與褪色的風景。你與他的對話，他的便當盒，光打在他的臉上，他的帽子，他看的書，寫下的字體，他的回眸與停滯的時光──這些意象，或長或短，在生命的旅程中，留下些許風景地圖，或許帶給你生命的意義，或許已因為旅途的長途跋涉，累倦了，像空蕩的鐵橋一般，被遺忘了。

　　親愛的朋友，你現在是坐在那個火車上呢？你是在那個清晨，中午，黃昏，還是午夜？你是在他鄉身為異客，或已是衣錦還鄉，子孫滿堂？如果你有時間，如果你沒有恐懼，讓我們重逢一次，讓我們在現實或夢幻中相逢。讓我們再搭一次火車，聽火車穿越鐵橋空靈的回聲。讓我們穿越黑暗，在記憶中找回瞬間的光芒。

（2010.10）

轉　角

再跨出一步
就再也看不見，與你攜手走過的昔時

記憶裡的巷道錯綜複雜
找到了有光的入口
才發現，我沒有鑰匙

夢般光暈泛著夏日
燈塔年久失修，無言斑駁
在雨中
寫給你的詩句
風切割得……斷……斷……續……續……

「然後呢？」
總有不相干的人問起
我站在愛的轉角
哭也不是
笑也不是

（2010.05.04初稿）

關於　愛情

　　我，不懂愛情。

　　童話故事裡的愛情，常常是「一見鍾情」，像：睡美人與吻醒她的王子；像白雪公主和解救她的王子。傳說裡的愛情，總是「至死不渝」，像梁山伯與祝英台；像孔雀東南飛裡的蘭芝與仲卿。

　　然而，也有童話裡的愛戀，悲傷如小美人魚；傳說裡的杜十娘怒沉百寶箱的痛心疾首。關於愛情的真貌，對於人們而言，會不會就像「瞎子摸象」？

　　如果愛情的本質是「一見鍾情」？那麼會有多少溫暖可親的心靈包裹在平凡軀殼裡，得不到回應？如果愛情的本質是「至死不渝」？那麼「個性不合」「沒有感覺了」怎麼會成為分離的理由？如果愛情的最後總是分離和悲傷，為什麼甜美的情歌傳唱不已？如果愛情飽含著現實的壓迫和妥協，為什麼墜入情網的男男女女前仆後繼？

　　據說，愛情帶來的生理反應和吃巧克力相似；據說，戀人間臉紅心跳的激情，最多僅能維持一年半的時間據說，戀人間的找尋，找的是自己失落的另一半，互補的另一半。據說……。每一種說法，都能找到攻擊的矛與抵擋的盾牌。

　　關於愛情，對我而言，就像瞎子摸象。我未曾窺見愛情的真貌。我曾經因為愛情而膽怯，也因為愛而勇敢；我曾經勇敢表達愛情，也因此落淚沉默；我曾經獨自守過長夜，也迎來燦然的晨光。天秤上的曾經，情感與理性的度量。但這些，是否足以描繪愛情的全貌？

　　我，不懂愛情。所以，無法相信愛情。面對神聖愛情的被歌頌被渲染，我總是淡然一笑……。心裡覺得，不經人間煙火的愛戀，豈能證明人生？

　　要不要用僅有的青春去等待……一個未知的答案？用微薄的信心去驗證……一個脆弱的真實？這當中將有多少揉心的堅忍和破涕的笑？

　　秋意轉濃，理性的我，潛在的意識裡，會不會仍然期待「愛情的可信」？期待著，那平凡動人的畫面……一對白髮蒼蒼的老人家，攜手過馬路，兩人的身影在暮靄裡，長長的，像一枚印記。

給可蕾兒的詩

一

沒有月亮的晚上
無人之境的曠野
有花豹突襲獵物入腹後
慵懶倒地的睡姿

我親眼所見兩盞車燈搖晃駛來
但聽不清一男一女倆人說些什麼
直到他們將車輛停下……
我發現其中一人操著華語
但英文流利，說：Honey我愛你
白天，動物的屍體
現在滋養了野花的花團錦簇……

另一人則親密回答：
「當我們做愛

就會有令花豹
稱羨讚嘆的姿勢」

二

那是一個寧靜夜晚
我們一起微笑看著
小嬰兒的睡眠

半夜，我們更常醒來併坐
思索這件不可思議
共同創作的藝術品

我們知道他還是天使
仍不適應凡間
於是他偶而會在深夜
肆無忌憚
哭的特別大聲

向J追問細節

寫情詩，首先你必須假定對方真的喜歡且願意被書寫，然後被感動。

寫情詩的風險是你必然留下愛上某人的證據。

當對方不願隨之起舞、附和、搭腔，情詩就顯的極端諷刺、令人作嘔、起雞皮疙瘩。

像一對夫妻離婚，瞟見昔日甜蜜的婚紗照、同遊的相片。

像政治人物看見十年前迄今未曾實現過的，政治承諾。

你現在讚美情詩，有可能不久它會反噬，讓你難堪。

除此，情詩的出現多少含有八卦性質，讓外人充滿好奇與想像，也許是「後來呢？」，追問不在一起，分手的原因。

情詩向來迷人，詩的創作者很難抗拒它像孔雀開屏的艷色羽毛——那美學的、含蓄的求偶、發情。

當情詩取悅對方，讓情人覺得被冠冕，發現自己的重要，情詩遂產生了效用。反之，情詩不過是詩的創作者一廂情願，自溺的舉措。

　　當然，情詩滿足了我們俗世對愛情的比較，使得自己或對方願意交換心得時擁有比別人更多的觸及與話題。

　　寫情詩，必須假定對方真的喜歡且願意被書寫，當對方臉紅心跳，就能充分感受符咒似的美妙神奇力量。當你將情詩給了她、歌誦她，若有一天她誤解了你，情詩的力量倏然消失，宮殿立即成為家徒四壁的陋室……。

　　J一直不願意談起那段日子，他意興闌珊：「那段戀情只適合發生在我的學生時代早期，而她也必須在場……，我會在下雪的日子出外為她檢拾柴薪，她傷風感冒，我早起代她上課，在教授點名的時候為她答：「有」，回家我在壁爐旁藉火光讀她喜歡的詩。」

　　我企圖刨問他更多細節，但他說自己老了，對方也五十七歲了。

　　J暗自得意在我出現的前一分鐘將當時寫給她的情詩燒毀，我只好假裝毫無興趣又毫不客氣地說：「其實那段戀情是你虛構的。就像你杜撰造假了從軍的經歷，——其實真正勇敢衝鋒陷陣的人早已光榮死去。」

想妳的時候

不想妳的時候，只有一隻蝴蝶會穿過我的胸口。

只有一隻貓，只有一隻大象，甚至只有一隻獨角鯨。

寫給F的書簡（第五封）

女人的美是無價之寶。

——戴思杰《巴爾札克與小裁縫》

親愛的F，老實說，我現在真有點後悔，那時真不該鼓勵妳閱讀、鼓勵妳創作。妳非常不喜歡我說故事，妳老是嫌我的故事太冗長，又捉不到情節的重點，每次我一誇大男主角怎樣歷經千辛萬苦（妳總會笑說又不是去砍殺惡龍，哪來的辛苦？）才跟女主角破鏡重圓。「如果妳是托爾斯泰筆下的安娜，妳會為了找臥軌嗎？」「不，我永遠不會是安娜！」那時我卻假裝不知道妳對於任何事物的態度（包含愛情）終究是樸實無華的，我卻依然不自覺對愛情加添上一層浪漫的幻影。

我甚至強迫妳幾天內寫完一篇幾千字的文章，卻為了其中疏漏掉區區幾個標點符號而對妳發脾氣，為了妳沒認真閱讀某篇愛情小說而暗自惱怒。現在想起來，我竟是這樣的虛張聲勢啊。妳絲毫無視於我的冷潮熱諷，仍然以著散文的方式愛我，無視於我詩般性格的跳躍無常。

親愛的F，妳我本質上終究是不同的。到底是什麼時候開始的呢？妳大量閱讀著喜歡的原住民文學而將我借妳的書整齊地堆放在書架上，為了認真準備研究所考試而減少相聚的時間。我什麼也開不了口，依然躲在小說疊成的世界裡，耽溺於我們回憶的想像中，在那裡，妳依舊是我的小裁縫。「甚美，但沒有文化！」

　　妳那略顯圓潤的臉龐上逐漸陌生的美麗逼使我不敢從水面上妳的倒影探頭出來，不敢看著妳一點一滴的改變，逐漸揮別屬於我的過往，朝著自己的理想邁進。我不像小說中的男主角那樣會講故事，故事的最後妳卻像小裁縫般毅然決然告別了我，投入一個我所無法觸摸到嶄新的世界。

　　我還躲在水裡如往常般偷偷望著妳。但親愛的F，妳的美已是別人的無價之寶。

那天我在夜空下翻閱你

那天我在夜空下
翻閱你穿越光年寄來的詩集

從最早的到最近的
聚成一片片的星雲
沉入北半球夏季深夜的銀河裡

游渦狀的銀盤
細細密密纏綿著千言萬語
在我清澈的手紋上
沿著永恆的感情線
流洩 一生的長河

今天
我漫步銀河
在高空中
重溫你的詩篇
就像那天
我在夜空下翻閱你

在高空中遇見你

飛機13：25從Madrid起飛，淡水應該是萬家燈火了。

波音747-400，TG949馬德里飛往曼谷，經濟艙第一排32H靠走道的位子，要載著她飛行十二小時又五分鐘。一對要到曼谷渡假的戀人，被火與熱如同藤蔓纏繞肢體，就在32I與32J座位上訴說著無聲的西班牙語。

回程中，她隨著飛機的爬升，讓思緒盡情地倘佯在無邊無際的開闊與自由裡。

飛機上個人的閱書燈亮起，她的筆和手，快速地在自己的影子中滑動，和諧地在白紙鋪成的雲際間飛舞。她一路跳躍、飛升，凌空翔翔，在一個大旋轉後，她就要朝著東方，向更夜的淡水飛奔而去……順著粼粼波光的水面，滑入家園，細數爬滿他身上的月光，聽他被搔癢時咯咯咯的笑聲……

在一路上升飛躍中，飄飄然，，自在，，無比。。

她想起飛機飛離西班牙的土地前，妹妹的電話，讓她告別歐洲最後的牽掛：

「手續辦好了，妳在候機室了吧！」

「對了！姊夫○○××的事處理得如何了？」

「他對◎◎◎有甚麼想法？」

「他有沒有告訴妳※※※那一件事，後來怎麼了？」

回應這些關懷真不容易：

「…嗯…我們只談兒女私情…其他事就…不知道了…」

有一天你會發現天荒地老後，○○××◎◎◎※※※早已化成點點泡沫，不知飄散到何處了。會消逝的，何必掛心，何必在意，何必在生命有限的時光裡，老惦記著這些○○××◎◎◎※※※呢？

還是談談兒女私情，換他個此情不渝吧！

32I與32J，親吻起來，不知是否太專注了，她像是他們身邊多出來的一張椅子。32I與32J親吻時一句又一句地覆誦：Te quiero「我愛你」。彷彿他們正努力解開藏在「我愛你」中的千古秘密！

在飛機上，她想著在簡訊中寫下Te quiero時的他，和讀著簡訊時的自己

簡訊是手機的副產品。在一個巴掌不到的小小空間中，先選取語種，接著在選項上按下ㄅㄆㄇㄈ，再組音選字成義。這明明可以用來說話的機器，卻也能拼拼按按就湊成「我愛你」！幾次她想要回傳簡訊給他，就因為愛中參雜太多不必要的動作而作罷。她想著：在這樣的拼拼湊湊中，簡訊中複雜的機械程序所匯集成的「我愛你」是否仍傳遞她單純的「我愛你」？

她的手機中倒是永遠留下兩通簡訊。是幾年前她行經西班牙Valladolid的路上接到的。她請他往後不用再寄了，出差時她就帶著這兩通簡訊上天入地！當她想起他正在想念她時，就會打開來看一下，看看他幾年前留下的幾行文字，告訴她，思念，就像親口說出來的一樣真實舒暢。

每次旅行，她都反覆看著舊有的簡訊，用西班牙文寫著：Te quiero「我愛你」，Te echo de menos「我想念你」，Rezo por ti「我為你祈禱」。這幾句，新鮮得如同清晨剛摘下來的薄荷葉，清新香甜，匯集活力、朝氣以及能量！

這。就。是。兒女私情的魅力！

　　飛機上撥放電影《戰地琴人》（The Pianist），32I抬頭看著彈鋼琴的男主角。

　　即使在最喧鬧的白晝，她也能聽到他與眾不同的聲音

　　台灣很多彈琴的女孩都留著飄逸長髮，出眾的氣質與空靈的感覺，這肯定是劇中的女主角了。西方電影中很多男士也會彈琴；讓女性欣賞的男性，再搭配醉人的琴聲，同時展現才氣、溫柔、內涵與個性的，那肯定是男主角了。

　　其實，每個人欣賞不同的才情與才能、氣質與氣度。

　　我們也各自彈著自己的琴：有人的琴是一隻粉筆，有人的琴化身為一台電腦，有人的琴變成一把油漆刷，有人的琴還真是琴。我們各自彈出生命的調子。有人喜歡小調，有人喜歡詠嘆調，有人喜歡詼諧曲調；有人愛上Waltz的旋轉，有人擅長掌握Flamenco的心情，有人喜歡Tango若即若離的冷艷感，有人喜歡Salsa的輕快激情。

　　她在不覺不知中愛上一種慢慢長調。那，正是，他的調調。。

以前她當起調音師，想幫他定調，儘管很多時候，她也說不清楚該定哪一種調。也許，他升記號太多，也許，降記號又來得太早；現在她不再沿著五線譜找他該擺放的位置，也不再說他什麼時候該降成B小調，什麼時候該調成A大調，什麼場合不能只彈C大調。總之，他，就是慢慢長調，正如他慢條斯里的性格。

　　她留連在他各式各樣的慢慢長調中，沉浸在他的星譜裡！

　　飛機越飛越近。32I與32J換了姿勢，像依偎在母腹中的雙胞胎兒，空姐給的食物，是從母親臍帶中送來的養料，他們吃飽了，舒適入眠，就不再動了……

　　現在月光正倘佯在最清明的夜空中……東西方兩個世界的人都安靜了……飛機繼續朝向東方的黎明前進……此刻，台灣已經完全覆蓋在星星的光芒裡……，她想攀附朵朵流雲，飄回他的床前，用微暈的月光沾著淡水河水，輕輕地在他肋旁寫下Te quiero……

　　飄飄然地，她仍在高空中。。。

聖　歌

仰望妳
循著愛慕的優美旋律
舉著忘了疲累的火炬
在無邊的星空下為妳歌詠
我的眼睛
像遙遠的星子般睜亮
我的心
緊緊跟著延長記號與休止符的腳步
在愛的聖殿中揣摩上帝的泉聲噴湧

天使的羽翼
帶我飄搖在妳的天地間
崇高再崇高
渺小再渺小

我是全音符半音符四分音符
在每一段屬妳的樂章
漸強或漸弱

小聲或高亢
都在妳的主弦律中
盪氣迴腸

愛是創造一種新的價值

　　一九七一年獲諾貝爾文學獎的智利詩人聶魯達（Pablo Neruda, 1904-1973），二十歲出版的詩集《二十首情詩和一首絕望的歌》，據說當時在拉丁美洲，年輕人幾乎人手一冊。事實上，它可說是西班牙語文學世界最知名也擁有最多讀者的作品，不談其版本及再版次數之多，光是數百萬冊的銷售量就足夠讓人產生一讀究竟的好奇心。何況愛情是個不分年齡、性別、種族的共同話題，而且永遠不退流行。愛情是詩意的，有人說，年輕時每一個人都是詩人，因為年輕的心充滿了熱情和想像。而愛情的喜悅，在相當程度上，正是來自於想像力將對方詩化、崇高化的結果。像聶魯達所說：「妳的胸膛足以安慰我心／我的羽翼也夠承載妳的自由／在妳靈魂中沉睡的／將從我的嘴巴扶搖上天。」

　　愛是欣賞對方的一種方式，只是戀愛中的男女既是觀眾也是演員，每個人將所有焦點都投注在對方身上，當戀愛的對象回眸一笑，可能像一盞明燈，會讓自身每一個細胞都因此鮮明亮麗起來。聶魯達便如此陶醉地寫著：

甚至相信妳是世界的主人

我將從山上為妳帶來喜悦的花朵，喇叭花，

深色的榛子花，還有吻所編織的野花籃。

我要與妳一起

做春天和櫻桃木所做的事

　　愛是春天，是戀人世界的主人。聶魯達在其中所耽溺的不
過是「桃花舞春風」的愉悅美感。在愛情世界，有人用花朵來
表達詩情洋溢的戀情，有人則以文字來傳遞深情愛慕的心意。
然而「衣帶漸寬終不悔，為伊消得人憔悴」，一往情深並不等
於幸福和喜悅；愛情無法都像馮青所說「靠著你的肩，訴說水
的寂寞」那般溫柔。聶魯達在愛情挫折中，也只能讓孤單的露
水滴進詩的原野：

今夜我可以寫下最悲傷的詩句

譬如「星空密佈，藍色的星光在遠方閃爍」....

聽著空曠的夜，沒有她的夜就更空曠了...

露水滴在草原，詩落向我的靈魂...

愛情短促，遺忘卻如此漫長...

這是妳給我最後的痛苦

也是我為妳寫的最後一首詩。

　　從詩中我們感受到的是孤寂和遺憾。但是「為妳寫的最後的一首詩」不也是詩人在失落的愛情中對自我靈魂的焠煉！對柏拉圖而言，愛是美化並提升靈魂的力量。就像聶魯達的《二十首情詩》，它來自於幸或不幸的愛情激發，在愛情世界，說得通達是一種無私的奉獻，但少有人能像老子所說的那樣「生而不有，為而不恃，長而不宰」。雖然有人說愛是在對方身上尋找那些有價值的東西，但在聶魯達身上，我們看到愛可以是一種自我創造，不管是悲是喜，它都可以創造另一種新的價值。

【編後記】
紅塵之戀

莫　渝

　　所有的人，都絮語／聒噪。

　　所有的戀人們，都綿綿情話／曉曉不止。期待保證，重複且堆疊。

　　望月託情，望月思人，古月今月都見證／鑑照了不同時空下情侶的相同誓言。

　　文學寫作，不論獨白或對白，都在表白，都是「揭示了人物隱祕的內心生活」（E.M.福斯特語）。

　　儘管不時浮現《比利提斯之歌》書尾墓誌銘的文詞：「此刻，在阿福花的蒼白草原上，我，看不到的陰魂漫步著，陽間生命的回憶是我陰間生命的喜悅。」畢竟，所有的愛戀都在人間，唯人間積情，紅塵存愛。

　　滾滾紅塵，每個人都抱著深沉的盼：愛或者被愛。詩人們亦然。

　　《詩人愛情社會學》從徵集，出專輯（《笠》詩刊278期），再轉化書刊，感謝朋友們的賜稿與支持。閱讀這些詩文，希望能感受到詩人富麗面的呈顯。

（2010.10.30）

【作者簡介】

黃騰輝

　　黃騰輝，1931年出生，新竹縣竹北人。東吳大學法律系畢業。曾任記者、教員，台灣三菱電梯公司總經理常務董事，中華民國電梯協會理事長。《笠》詩刊任發行人。1950年代，黃騰輝在《新詩週刊》、《藍星週刊》發表不少作品，包括當時流行的「四行詩」，停筆多年後，1970年代重新出發。著有詩集《台灣詩人群像——黃騰輝詩集》、《台灣詩人選集——黃騰輝集》、《冬日歲月》（2010年），另有《閱讀黃騰輝——黃騰輝研究資料彙編》。

旅　人

　　旅人，1944年12月22日出生。本名李勇吉，台中縣大甲鎮人，現居台北。國立台灣師範大學國文學系畢業，並經國家高等考試及格。曾任中小學教師、曾於銓敘部及審計部任職，自審計部參事退休。曾任師大噴泉詩社社長、吳濁流新詩獎評審、台北市中學生新詩創作比賽評審。曾獲全國優秀青年詩人獎（1971）。著有詩集《一日之旅》（笠詩社出版，1986）、評論《中國新詩論史》（台中縣立文化中心出版，1991）、台灣詩人群像《旅人詩集》（春暉出版社出版，2008），網站詩：旅人《紅樓歸晚》http://mypaper.pchome.com.tw/news/wayfarer12/

陳銘堯

　　1947年生於彰化二林。東海大學中文系畢業，文化大學藝術研究所碩士。笠詩社同仁、台灣筆會會員、台灣現代詩人協會會員。曾獲第二屆礦溪文學獎新詩獎。第三屆「台灣詩鄉」入選。詩集《想像的季節》獲彰化縣文化局礦溪文學獎出版。新的詩集《陳銘堯詩集》編入「陳銘堯詩集」由春暉出版社出版。曾參加高雄世界詩歌節，並曾赴蒙古參加台蒙詩歌節，赴印度參加世界詩人大會。

　　「詩路」網站列為「典藏詩人」。

林　　鷺

　　林鷺，本名林雪梅。1955年生　台中縣梧棲鎮人。靜宜文理學院外文系畢業。「笠」詩社、「台灣現代詩人協會」成員。著有：詩集《星菊》（台北縣政府文化局出版，2004年）

賴賢宗

台灣台北人。台灣大學哲學博士，德國慕尼黑大學哲學博士。現任台北大學中文系教授暨系主任。已出版《佛教詮釋學》、《意境美學與詮釋學》等十餘本學術專書，以出版個人詩集《雪蕉集》、《悄然生姿》、《月蝕》三本。曾獲佛光文學獎（1993年），舉辦過多次書畫個展與聯展。

非　馬

非馬，原名馬為義，生於台灣台中，在原籍廣東潮陽度過童年。台北工專畢業，威斯康辛大學核工博士，在美國從事能源研究工作多年。著有中英文詩集十六種，散文集一種及譯著多種。主編《朦朧詩選》、《台灣現代詩四十家》·《台灣現代詩選》等。曾任美國伊利諾州詩人協會會長，被美國評論家譽為包括桑德堡在內的值得收藏的芝加哥詩人之一。近年並從事繪畫與雕塑，在芝加哥及北京舉辦過多次個展與合展。

莫　渝

莫渝，本名林良雅，1948年出生於苗栗縣竹南鎮中港溪畔，現居北台灣大漢溪畔。淡江大學畢業。目前負責《笠》詩刊主編。

長期與詩文學為伍，閱讀世界文學，關心台灣文學。著有詩集：《無語的春天》、《水鏡》等，散文評論：《河畔草》、《台灣新詩筆記》等，翻譯：《法國古詩選、19世紀、20世紀詩選》三冊、《香水與香頌》、《惡之華》等。2005年出版《莫渝詩文集》五冊，2007年出版詩集《第一道曙光》、評論集《台灣詩人群像》與《波光瀲灩──20世紀法國文學》三書。2010年出版詩集《革命軍》。

與友人持續策劃「台灣詩人群像」、「台灣詩人館」詩叢書。

莫渝自我界定：現實主義人文關懷的台灣詩人。

楊傑美

1948年12月17日出生於台灣台南縣，台北建國高中畢業，曾任台灣中油公司技術員多年，後考升為工程師，現任台灣石油工會第四分會秘書。1970年開始寫詩，曾短期為「主流」詩社同仁，後加入「笠」詩社，1986年起因故封筆二十年，2006年重新執筆創作，作品多發表於《笠》、《創世紀》等台灣詩刊，結集有《一隻菜虫如是說》。

岩　上

　　岩上（1938-），本名嚴振興，設籍定居南投草屯，畢業於台中師範、逢甲大學。曾任教職退休，曾任《笠》詩刊主編、台灣兒童文學協會理事長、中正大學駐校作家，現為台灣筆會、台灣現代詩人協會、台灣兒童文學學會等常務理事。曾獲第一屆吳濁流文學新詩獎、文協新詩創作獎、台灣詩獎、南投文學貢獻獎、語文獎章等多項。著有詩集《岩上八行詩》《漂流木》、評論集《詩的存在》、《詩的創發》等十幾種，作品譯英、日、韓、德、印、蒙多國語文，並選入國內外重要詩選數十種。

陳明克

　　陳明克（陳亮），現任興大物理系教授。著有詩集，《地面》（1990），《歲月》（2000），《天使之舞》（2001），《暗路》（2005），《掙來的春天》（2005）及《陳明克詩集》（2007）。2010年出版詩選集《台灣詩人選集─陳明克集》（臺灣文學館出版，莫渝編）。曾獲第五屆台灣文學獎、第七屆大墩文學獎、第九屆礦溪文學獎、九十六年教育部文藝創作獎特優及第十一屆礦溪文學獎。

賴　欣

　　賴欣，本名賴義雄。1943年生，台中市人。中國醫學院醫學系畢業。臺大醫學院病理研究所碩士。日本關西醫科大學醫學博士。曾任中國醫學藥學院醫學系主任及病理科主任及中山醫學大學病理學教授及彰基病理科主住，現為彰化秀傳醫院病理科醫師兼總監。文學方面，曾為詩脈社同仁，現為笠詩社同仁，台灣現代詩人協會理事長。曾獲吳濁流新詩佳作獎。著作有《窗內的歌聲》、《碎石路之歌》、《從一個年代掉落到另一個年代》及《賴欣詩集》。

利玉芳

　　利玉芳，女，筆名綠莎，1952年出生，屏東縣人。曾任會計、電台童詩撰稿與配音，目前經營冷凍食品業及從事教職。1978年開始寫詩，1986年獲吳濁流新詩獎，也曾獲月光光童詩獎，1993年獲第2屆陳秀喜詩獎。著有詩集《活的滋味》（1986年）、《貓》（1991年）、《向日葵》（1996年）、《淡飲洛神花的早晨》（2000年）、《夢會轉彎》（2010年），另有彭瑞金編《利玉芳集》（2010年），散文集《馨香瓣》（1977年），評論《童詩賞析》（1987年）、《小園丁》等。

李長青

李長青，生於高雄，現居台中。曾任出版社編輯，台灣現代詩人協會理事，台中女中欖仁詩社指導老師。現為靜宜大學台灣文學系兼任講師，《笠》詩刊編輯委員，《台文戰線》同仁。詩作被譯為英、日文，並曾選入年度詩選、台語文學選、現代百家詩選、台灣現代詩選、本土母語文學選、《中外華文散文詩作家大辭典》（香港）等。著有詩集《江湖》、《陪你回高雄》、《落葉集》等，即將出版詩集《給世界的筆記》與繪本《海》。

吳俊賢

吳俊賢，1954年1月1日生於花蓮。美國阿拉巴馬州奧本大學森林學院林學博士。曾任台灣省林業試驗所六龜分所研究助理、行政院農業發展委員會技士、行政院農業委員會技士、技正、行政院農業委員林業試驗所林業經濟系主任，現為林業經濟組研究員兼組長。曾任中國文化大學森林系兼任副教授，講授「森林經營學」、「林業經濟學」、「林業生態系經營學」。「笠」詩社同仁。曾榮獲1985年吳濁流文學獎新詩佳作獎。1985年出版處女詩集《森林頌歌》，2002年出版《森林之歌》，2004年製作《森林之歌——樹根》音樂光碟。近年潛心佛法，尤好淨土法門。

李昌憲

　　李昌憲，1954年生於台南縣。曾加入「森林詩社」、「綠地詩社」，1979年與詩友創刊《陽光小集》詩雜誌，1984年因故停刊，之後加入「笠」詩社，曾負責《笠》詩刊編校十餘年。1982年獲〈笠詩獎〉。詩作被選入年度詩選、國內外之詩選集，被以英、日、韓、蒙等文字翻譯及介紹。現任台灣筆會祕書長、「笠」詩社社務委員。已出版詩集《加工區詩抄》、《生態集》、《生產線上》、《仰觀星空》、《從青春到白髮》、《台灣詩人群像——李昌憲詩集》、《台灣詩人選集——李昌憲集》。

葉　狼

　　葉狼，男，偶爾寫詩，雲林縣人，童年以來，因故遷居台灣島西部、南北各處，所以自幼即對「流浪」特別感觸，並因此熱愛這片島嶼土地，時常思考如何「地誌」它。目前是研究所的博士生，正努力書寫與後殖民／新殖民議題相關的戰後台灣新詩研究論文。

簡素琤

簡素琤，1958年出生宜蘭羅東。1973年，就讀北一女中，開始閱讀新詩。1976年，就讀國立師範大學英語系，加入青年寫作協會，大量閱讀新詩。1982年，就讀輔大英文研究所，開始寫詩，可惜詩稿均散落。1986年，開始間歇的寫詩，詩作不多，但漸具寫作的企圖心。2002年，開始陸續在《中外文學》、《笠》詩刊、《創世紀》等詩刊，發表1986年以來作品至今。2007年，獲輔仁大學比較文學博士學位，主修台灣新文學，專攻日治時期。2009年，開始為笠詩社詩人寫作評論。

目前為台北市明倫高中英文教師並教授台灣新文學選修課程。作品出版散見《中外文學》、《笠》、《創世紀》等詩刊。

思　理

思理，輔仁大學歷史碩士，印地安納州聖母大學（University of Notre Dame）歷史碩士。曾任教聖大語文系、任職聖大圖書館、任教密西根州偉恩郡中文學校，現就職密西根州一所大學圖書館。發表短篇小說、極短篇小說、散文、新詩於報刊雜誌。出版《思理極短篇》，獲得海外華文著作比賽佳作獎。1998年寫作英文詩以來，發表於全美性及地方性詩刊，2005年出版英文詩集《One Tenth of a Rainbow by the Setting Sun》，2009年出版第二本英文詩集《They Return》。一首英詩〈They Return〉曾獲地方性詩歌比賽第一名。

莫 云

　　莫云，本名宋淑芬，台大中文系畢業，曾任國中教師，旅居美國多年。喜愛嘗試各類文體創作，獲教育部、中央日報、梁實秋、教育廳兒童文學創作、北美華文作協等文學獎。

　　著有短篇小說集《彩雀的心事》、《她和貓的往事》，詩集《塵網》、《推開一扇面海的窗》，童話故事集《飛吧，飛吧，小夢仙！》，散文集《紫荊又開》。

麥 穗

　　麥穗，本名楊華康，祖籍浙江餘姚，1930年出生於上海市。1948年10月陪同應聘出任省營農林公司之親戚來台，不久上海陷共，交通中斷而滯台。早年從事森林工作30餘年，曾擔任造林及伐木現場監工。1950年開始寫詩受名詩人夏菁及覃子豪老師指導。曾加盟紀弦創立之現代派。主編過《林友》及《勞工世界》月刊。曾任文藝協會、新詩學會副秘書長。現任新詩學會理事及詩歌藝術學會副理事長。先後獲頒中興文藝及文協文藝獎章，詩歌藝術創作獎，詩運及詩教獎。著作有詩集《鄉旅散曲》、《森林》、《孤峯》、《荷池向晚》、《麥穗詩選》（北京版）、《麥穗短詩選》（香港版、中英對照）、《追夢》、《山歌》、《歌我泰雅》。散文集《滿山芬芳》、《十里洋場大世界》、《談年　過年　過新年》。論評集《詩空的雲煙》，選編《當代名詩人選3》等。

朵　思

　　朵思，本名周翠卿，另一筆名韻茹。臺灣嘉義市人，1939
年出生於醫生世家，曾為《創世紀》詩雜誌社同仁。1953年在
《公論報》副刊發表第一篇小說；1955年於《野風》月刊發表
第一首詩〈路燈〉。1963年4月出版詩集《側影》。

　　陸續的著作，詩集有《窗的感覺》（1990年）、《心痕索
驥》（1994年）、《飛翔咖啡屋》（1997年）、《從池塘出
發》（1999年）、《曦日》（2004年）、《朵思集》（2008
年）等，童詩集《夢中音樂會》，長篇小說《不是荒徑》
（1969年），短篇小說集《一盤暮色》（1983年），散文集
《斜月遲遲》（1982年）、《驚悟》（1987年）等。

李東霖

　　1986年生於新竹市，現居住於臺北。自己承認是個怪咖的
水瓶座。曾獲《聯合報・繽紛版》校園故事王、臺北植物園新
詩季新詩獎、「拉縴人・徵好詞」歌曲作詞獎、財團法人國家
文化藝術基金會出版補助，出版有詩集《終於起舞》（九歌，
2010.10）。目前為國立臺北教育大學語文與創作學系碩士班
研究生。

　　持續把生活過得一點任性，十分自我。

林明理

　　林明理，1961年生，臺灣省雲林縣人，法學碩士，曾任臺灣省立屏東師範大學講師，現為詩人作家。著有《秋收的黃昏》圖文書、《夜櫻——林明理詩畫集》均春暉出版。2010年《新詩的意象與內涵——當代詩家作品賞析》臺北文津出版。近作發表於《南京師範大學文學院學報》、《安徽師範大學學報》、《世界華文文學論壇》、《時代文學》、《香港文學》、《安徽文學》等。臺灣《新書資訊》月刊作家，佛光大學《史學集刊》、《創世紀》、《文訊》、《笠》、《文學人》、《文學臺灣》等。

陳　謙

　　陳謙，本名陳文成，1968年生。佛光大學文學博士，南華大學出版事業管理碩士。曾加入笠詩社（1992-2005）現為耕莘青年寫作會導師團（1991-），長期擔任專業出版經理人兼總編輯（1996-2006），現以授課為業，主講當現代文學、中文應用，兼及創意企劃與管理。

　　文學作品曾獲吳濁流文學獎，文建會台灣文學獎，台北文學獎等。

　　創作出版有詩集《山雨欲來》、《灰藍記》、《台北盆地》、《台北的憂鬱》、《島》、《給台灣小孩》等六部。

楊景翔

　　楊景翔，1982年生於海島澎湖，帶著海風凝結的記憶，輾轉於臺灣島的各地，最後在風的城市——新竹，落腳、成長，因此時時懷疑血液裡含有風的成分。在懵懂的青澀年少開始與詩結緣，慣於用詩寫下滿盈的情緒，但一直到了很多年後才明白，詩，不是情緒的氾濫，詩，就是生活。

陳潔民

　　陳潔民，本名陳淑娟，1970年生，台南七股人，徛居彰化。現任彰化師大附工教師。《台文戰線》、台文筆會同仁。詩歌關照多元，鄉土感情深厚，觀察幼路，唯美浪漫，有理趣哲思。得過第二屆海翁台語文學獎、第七屆賴和獎論文獎助。著有碩論《賴和漢詩的主題思想研究》、《行入你的畫框》等；詩作入選《童顏童詩童歌：六○年代台灣囡仔歌》、《台語詩新人選》、《台語詩六十首》、《台語詩一世紀》、《愛情籤仔店》、《詩行》、《火煉的水晶》等。

許元馨

許元馨，來自國立聯合大學的我，愛上這個位於二坪山上的新環境，也愛上苗栗這裡純樸與清幽的氣息。對我來說，每一天，都是新的一天，我可以盡情的享受生活，也可以把我所想要的一切記錄下來。然而，看到同學們有了正在發芽的戀愛，有著兩人間那份純純的愛，除了祝福，也有更多對自己戀愛的憧憬與幻想，〈等，你〉，有著我向上帝最誠心的祈禱，期待那等待的背後，換來的是最甜而不膩的果實，值得我永遠咀嚼回味。

謝欣津

謝欣津，國立聯合大學台灣語文與傳播學系二年級生。

喜歡探索及查知任何神秘事物，常常借閱各種不同類型的書籍以擴大自己的知識範圍。更喜歡寫寫、數獨、下棋和玩大家來找碴的動腦遊戲。不喜歡被束縛，被支配，被命令和被欺騙。喜歡自由自在，和尋找各種動人的人事物。偶爾會發呆和睡覺，不喜歡說話更不喜歡吵鬧。作事三分鐘的熱度，常常有計劃但沒行動。

以前寫作文特愛用排比句和搞文藝，不擅長論說道理。目前崇拜的人有米開朗基羅和赫曼‧赫塞，喜歡聽的音樂是葛雷果聖歌，喜歡的詩集是泰戈爾的《飛鳥集》。

葉斐娜

　　葉斐娜，國立新竹師院語文教育系畢業、國立中興大學中文研究所進修中。作品曾獲台中市教師組童詩、童話、少年小說創作獎多次、花蓮縣文化局徵詩獎。任台灣現代詩人協會第三屆理事、台中市沐風基金會童詩營講師、台中市兒童天地小小作家文學營講師、台中教育大學實小文學獎評審、農委會全國休閒農場徵詩徵畫童詩類評審、台中市文化局慶祝詩人節全國徵詩比賽評審。

黃玉蘭

　　現職育達商業科技大學應用英語系副教授，輔仁大學比較文學博士、台東大學兒童文學所碩士、靜宜大學外文所碩士畢業。曾任台灣現代詩人協會常務理事暨台灣現代詩季刊編輯委員（2008-2011）、台灣兒童文學學會理事暨滿天星兒童文學季刊編輯委員（2008-2011）、育達商業科技大學「育達科大學報」編審委員（2010-）、台中市文化局詩人節「與詩人有約」活動主持人（2009.05.28）、多次擔任童詩創作指導或童詩營講師及兒童文學詩、文徵文比賽評審，發表新詩／童詩近百首、撰述新詩及兒童文學相關論文近四十篇。

昨夜微霜

昨夜微霜，一個醉心於文藝創作的女子，熱愛閱讀與旅遊。公餘仰雲飄、觀日落、賞飛鳥、聽雨聲、聞花香，於是織詩、織夢、憧憬於美的理想境界，怡然自得。在網路設有《心房漩渦》、《墨痕》兩網站。於網站、報紙、詩刊發表古典詩詞及新詩創作將近五百首，另有散文、詩評多篇，目前正集結中。詩作曾被選入楊風詩集《白櫻樹下》、《山上的孩子》、《那年秋天》及《世界在我眼眸起落》、《我們追詩》。現任《惜字閣詩詞論壇》心情彩繪版主。曾獲苗栗縣文化局〈2009年詩詠山城〉徵詞比賽第二名獎；苗栗縣文化局〈2009年詩詠山城〉徵詩比賽佳作獎：2009年獲選pchome〈旅遊達人〉。

潘家欣

潘家欣，1984年，台南人。動脈裡流著嘉南平原的豐饒血液，骨頭裡藏著四川丘壑的不羈靈魂。最喜歡的季節是冬天。最喜歡的作家是魯迅、王爾德和侯俊明。最丟臉的事情是吹著南風長大卻只會操持國語過活，現正努力學習台語和四川話。創作以新詩、散文詩為主，作品散見於《笠》、《衛生紙詩刊＋》、《創世紀》、《新地》、《乾坤詩刊》等。

阿　米

　　阿米，本名許耀云，1980年次，喜歡寫詩、畫畫。認為最好的詩是「走到深處而不得不然的自然湧出」，擅長用簡單、低限的語字，把讀者帶到另一個世界。認為人類深處是相通的，只要體會夠深刻，就能在詩裡頭相遇。關心的題材有：愛情、精神疾病、戰爭與日常生活等。

　　預計2011年出版第一本個人創作詩集《要歌要舞要學狼》。作品見於《衛生紙詩刊＋》、《吹鼓吹詩論壇》、《現在詩》、《字花》、《自由時報》等。

陳　胤

　　陳胤，本名陳利成。彰化縣永靖鄉人。國中教師。柳河文化工作室負責人。半線文教基金會董事。2009年舉辦「柳河少年文學」。曾獲教育部文藝創作獎、礦溪文學獎、中縣文學獎、花蓮文學獎、鹽分地帶文學創作獎、大武山文學獎等。著有詩集《流螢》（2004年），散文集《半線心情》、《悲歡歲月》、《秋末冬初》、《放牛老師手札》、《咖啡・咖啡》等書。

魏振恩

魏振恩（1963-）生於台灣屏東，輔仁大學語言學碩士，
美國明尼蘇達大學英美文學碩士，紐約州立大學英美文學博
士，任教於淡水聖約翰科技大學，淡江大學英文系，主授美國
文學、英美詩、英語創作、口筆譯。2002出版英文詩集《The
Quiet Hours》。2010 年作品獲美國年度詩選。 著有詩集《行
將出發的黎明》（春暉）。 眾多中文詩作發表於《笠》、
《創世紀》、《幼獅文藝》、《乾坤》、《掌門》、《台灣現
代詩》、《秋水》等期刊，頗博各方好評。英文詩作散見美國
詩歌期刊雜誌。

陳怡瑾

陳怡瑾，靜宜大學研究所畢業。任教國中。自1999年開始
寫詩。笠詩社同仁，詩作發表於《笠》、《創世紀》等，曾集
入《重生的音符——笠詩選》。著有《台灣詩人群像：陳怡瑾
詩集》。

張繼琳

　　張繼琳，男，1967生於台灣宜蘭，文化大學美術系畢業，壯圍國中教師。詩作大多發表於報紙雜誌，並兩度入選年度詩選。得過一些獎，目前著迷自費自印少量的詩集，期待少量的販售與流通。近年與詩人曹尼（曹志田）輪流主編《歪仔歪》詩刊。

甘子建

一九七九年出生，台南縣人。

詩作曾獲國內大小詩獎三十餘項，入選十餘種詩選集。

已出版詩集：《家鄉魚》、《有座島》、《甘子建詩集》。

目前以閱讀國際詩人翻譯詩作為興趣。

杜東璊

　　父親三芝鄉人，母親林邊鄉人，先生東勢厝人。出生於高雄，成長於台北。大學畢業後，在西班牙渡過八年的流金歲月，回台十二年後，又到法國渡過富饒趣味的兩年。目前定居於淡水。喜歡悠閒、無法清閒；在一些地方勞累，在一些地方休息，在一些地方沉澱，再回到值得勞累的地方，繼續品嚐人生的滋味！喜愛真理與真情。出版翻譯小說《蝸牛海灘，一隻孟加拉虎》。二〇〇九年二月，看著窗外巴黎的雪花飄落，開始提筆寫作。

　　現任輔仁大學西文系專任副教授兼系所主任。

林盛彬

　　林盛彬，1957年出生，台灣雲林縣人。西班牙馬德里大學拉丁美洲文學博士班畢業，目前任教於淡江大學，並擔任《笠》詩刊主編。1982年開始發表詩作，1988年獲吳濁流新詩佳作獎，1993年獲笠詩獎翻譯獎。著有詩集《戰事》（1988年）、《家譜》（1991年）、《風從心的深處吹起》（2002年）、《觀與冥想》（2010年）。另翻譯拉丁美洲詩選，尚未結集。曾參加「波赫士作品研詩會」、「西班牙及拉丁美洲魔幻文學」學術研討會。

讀詩人05　PG0567

 # 詩人愛情社會學

編　　者	莫　渝
責任編輯	黃姣潔
圖文排版	蔡瑋中
封面設計	王嵩賀

出版策劃	釀出版
製作發行	秀威資訊科技股份有限公司
	114 台北市內湖區瑞光路76巷65號1樓
	電話：+886-2-2796-3638　傳真：+886-2-2796-1377
	服務信箱：service@showwe.com.tw
	http://www.showwe.com.tw
郵政劃撥	19563868　戶名：秀威資訊科技股份有限公司
展售門市	國家書店【松江門市】
	104 台北市中山區松江路209號1樓
	電話：+886-2-2518-0207　傳真：+886-2-2518-0778
網路訂購	秀威網路書店：http://www.bodbooks.com.tw
	國家網路書店：http://www.govbooks.com.tw
法律顧問	毛國樑　律師
總經銷	聯合發行股份有限公司
	231新北市新店區寶橋路235巷6弄6號4F
	電話：+886-2-2917-8022　傳真：+886-2-2915-6275

出版日期	2011年06月　BOD一版
定　　價	220元

國家圖書館出版品預行編目

詩人愛情社會學 / 莫渝編. -- 一版. -- 臺北市：釀出版,
  2011.06
    面； 公分. --（語言文學類；PG0567）
  BOD版
  ISBN　978-986-6095-25-2（平裝）

848.6   100009355

讀 者 回 函 卡

感謝您購買本書，為提升服務品質，請填妥以下資料，將讀者回函卡直接寄回或傳真本公司，收到您的寶貴意見後，我們會收藏記錄及檢討，謝謝！

如您需要了解本公司最新出版書目、購書優惠或企劃活動，歡迎您上網查詢或下載相關資料：http:// www.showwe.com.tw

您購買的書名：_____

出生日期：_____年_____月_____日

學歷：□高中 (含) 以下　　□大專　　□研究所 (含) 以上

職業：□製造業　□金融業　□資訊業　□軍警　□傳播業　□自由業
　　　□服務業　□公務員　□教職　　□學生　□家管　　□其它_____

購書地點：□網路書店　□實體書店　□書展　「郵購　□贈閱　□其他

您從何得知本書的消息？

　　□網路書店　□實體書店　□網路搜尋　□電子報　□書訊　□雜誌
　　□傳播媒體　□親友推薦　□網站推薦　□部落格　□其他_____

您對本書的評價：(請填代號　1.非常滿意　2.滿意　3.尚可　4.再改進)

　　封面設計____　版面編排____　內容____　文／譯筆____　價格__

讀完書後您覺得：

　　□很有收穫　□有收穫　□收穫不多　□沒收穫

對我們的建議：_____

_____

_____

_____

11466
台北市內湖區瑞光路 76 巷 65 號 1 樓

秀威資訊科技股份有限公司　　　收

　　　　　BOD 數位出版事業部

....

（請沿線對折寄回，謝謝！）

姓　　名：＿＿＿＿＿＿＿＿＿＿　　年齡：＿＿＿＿＿　　性別：□女　□男

郵遞區號：□□□□□

地　　址：＿＿＿＿＿＿＿＿＿＿＿＿＿＿＿＿＿＿＿＿＿＿＿＿＿

聯絡電話：(日) ＿＿＿＿＿＿＿＿＿＿　(夜) ＿＿＿＿＿＿＿＿＿＿＿

E-mail：＿＿＿＿＿＿＿＿＿＿＿＿＿＿＿＿＿＿＿＿＿＿＿＿＿